Wilhelm Wittekindt

Johann Christian Krüger als Lustspieldichter

Wilhelm Wittekindt

Johann Christian Krüger als Lustspieldichter

ISBN/EAN: 9783743401136

Hergestellt in Europa, USA, Kanada, Australien, Japan

Cover: Foto ©Andreas Hilbeck / pixelio.de

Manufactured and distributed by brebook publishing software
(www.brebook.com)

Wilhelm Wittekindt

Johann Christian Krüger als Lustspieldichter

Johann Christian Krüger

als Lustspieldichter.

—

Inaugural-Dissertation

der

hohen philosophischen Fakultät der Universität Marburg

zur

Erlangung der Doktorwürde

vorgelegt

von

Wilhelm Wittekindt

aus Marburg.

Vier Dichter schienen um die Mitte des 18. Jahrhunderts dazu berufen zu sein, dem deutschen Drama zu neuem Aufschwung zu verhelfen: Joh. Friedr. von Cronegk (1731—57/58), Joh. Elias Schlegel (1719—49), Joach. Wilh. von Brawe (1738—58) und Joh. Christian Krüger. Sie alle teilen das Geschick eines frühen Todes. Wer kann ermessen, was sie bei längerer Lebensdauer noch geleistet hätten, und wie weit die auf sie gesetzten Hoffnungen berechtigt waren? Die Anerkennung, die ihnen die Mitwelt gezollt, ist ihnen von der historischen Forschung nicht versagt worden; besonders sind die Thätigkeit und Bedeutung der drei erstgenannten von den Literarhistorikern hinreichend gewürdigt worden. Über das Leben und Schaffen Joh. Christian Krügers ist noch wenig bekannt, und doch hat er besonders durch seine Lustspiele Anspruch auf höhere Wertschätzung, als ihm bis jetzt zu teil geworden. Seine dramatischen Werke behaupteten sich von etwa 1750—80 und noch länger auf der Bühne und gehörten zum ständigen Repertoire aller bedeutenden Schauspielertruppen dieser Zeit. Ja, in den achtziger Jahren sehen sich zwei Dichter veranlasst, zwei von Krügers Werken einer Umarbeitung zu unterziehen, gewiss eine Bestätigung dafür, dass ein nicht ganz wertloser Kern in ihnen steckt.

Den Lebenslauf Krügers sowie seine Bedeutung als lyrischer Dichter, Verfasser von Vorspielen und Übersetzer habe ich geschildert in dem Büchlein: „Johann Christian Krüger, sein Leben und seine Werke", von welchem die vorliegende Dissertation einen mit Genehmigung der hohen philosophischen Fakultät zu Marburg veranstalteten Ausschnitt bildet. Ausserdem enthält die Schrift eine Zusammenstellung von Aufführungen Krüger'scher Lustspiele.

Lustspiele.

Auf dem Gebiet des Lustspiels liegt Krügers haupt-
sächliche Bedeutung. Das erste Lustspiel unsers Dichters,
das, wie Lessing in der Dramaturgie[1]) hervorhebt, von Löwen
in seine Ausgabe nicht aufgenommen wurde, ist das berüchtigte Stück „Die Geistlichen auf dem Lande",
das 1743 anonym erschien. Da es sehr selten geworden ist,
dürfte eine etwas ausführliche Inhaltsangabe am Platze sein.

Im Mittelpunkt der Handlung stehen zwei Geistliche,
Herr Muffel[2]) und Herr Tempelstolz, Prediger in zwei be-
nachbarten Dörfern. Beide haben der Unthaten viele auf dem
Kerbholz. Muffel hat mit seiner Haushälterin Kathrine sehr
vertrauten Umgangs gepflogen, der nicht ohne Folgen geblieben
ist. Der würdige Herr meint nun, dass es höchste Zeit sei,
die Haushälterin an den Mann zu bringen, und hat seinen
Hausknecht Peter dazu ausersehen, Vaterstelle bei dem zu er-
wartenden Sprössling zu vertreten. Doch dieser, ein gewitzig-
ter Bursche, dankt für die Ehre, trotzdem der Pastor ihn
besser behandeln, die Kosten der Hochzeit bestreiten und
Kathrinen noch 100 Rthlr. zum Brautschatz geben will.
Tempelstolz, der zweite Geistliche, war früher Armenschul-
meister und hatte als solcher die Bekanntschaft der 65jähri-
gen Frau Brigitte, der Witwe des Conrektors Andreas Punck-
tum, gemacht. Sie hatte ihm, um ihm zu einer Stelle
zu verhelfen, 200 Thaler vorgestreckt. Zum Lohn dafür
hatte er ihr die Ehe versprechen müssen. „Obwohl ihre
Natur bereits längst erstorben war, so mochte sie es doch
wenigstens recht gerne leiden, wenn er ihr die Hände drückte
und die Backen so allerliebst streichelte und küsste." Er war
ebenso feurig in seiner Liebe, „als wenn sie einige 40 Jahre
jünger gewesen wäre." Als aber Tempelstolz die ersehnte
Stelle wirklich erhalten, warf er Frau Brigitte zum Haus
hinaus.

[1]) Stück 83.
[2]) Der Name Muffel findet sich noch einmal bei Krüger in dem
Gedicht „Die Vernunft", Str. 3.

Diese zwei würdigen Herrn streben beide nach demselben Ziele. Fräulein Wilhelmine, die Tochter der Frau von Birkenhayn, soll die Frau eines von ihnen werden, obgleich sie bereits Herrn Wahrmund, einem „philosophischen Liebhaber und ihrem gewesenen Lehrer," ihre Hand versprochen hat. Es ist den beiden Rivalen gelungen, Frau von Birkenhayn zu ihrem willenlosen Werkzeug zu machen. Diese ist eine erbitterte Feindin der Philosophen. Da ihre Tochter unter dieselben „gerathen" ist und sich „von der Weltweissheit ganz hat einnehmen lassen," so soll von den beiden Geistlichen derjenige sogleich „Verlöbniss mit ihr halten," der sie auf den rechten Weg zurückbringen kann. Bei diesem Versuch zeigen sich Muffel und Tempelstolz als krasse Ignoranten. Der Erstere jedoch, dem die grössere Unverschämtheit eigen ist, behauptet durch eine wirksame Beschwörung den unsauberen Geist aus dem Fräulein ausgetrieben zu haben. Ihm will denn in der That Frau v. Birkenhayn die Tochter geben. Der Bruder der Frau von B., Herr von Roseneck, hat inzwischen alles Mögliche versucht, um seine Schwester von ihrer thörichten Voreingenommenheit zu heilen, doch vergeblich. Da erscheinen als Helfer in der Not Peter und Frau Brigitte. Ersterer hat sich als Student verkleidet, giebt an, er habe in Halle Theologie getrieben, und bei dieser Gelegenheit wird die Unwissenheit der beiden Helden abermals scharf beleuchtet. Plötzlich wirft Peter die Maske ab und entdeckt Herrn Muffels Schandthaten. „Einen Strick her; ich bin verloren", schreit dieser und stürzt fort. Nunmehr glaubt Tempelstolz, da der Nebenbuhler aus dem Wege geräumt ist, dass ihm Wilhelminens Hand sicher sei. Jetzt aber tritt Brigitte auf, die sich an das Consistorium gewandt und den Bescheid gebracht hat, dass Tempelstolz sie sofort bei Strafe der Amtsentsetzung heiraten soll. Frau v. Birkenhayn sind endlich die Augen aufgethan; sie kann sich der Heirat ihrer Tochter mit Wahrmund nicht länger widersetzen. „Ich lerne nunmehr," so schliesst sie, „dass ich auch die abscheulichsten Laster, wenn ich sie bey Menschen suchen kan, auch gewiss bei den Geistlichen finden werde."

Die Autorschaft Krügers für die Landgeistlichen wird durch zwei zeitgenössische Zeugnisse beglaubigt. Einmal durch das bereits erwähnte Schreiben G. A. Uhlichs an Gottsched und ferner durch Lessings Vorwort[1]) zu den vermischten Schriften von Mylius, in dem es heisst: „Kurz vorher (nämlich ehe die „Ärzte" von Mylius erschienen) waren „Die Geistlichen auf dem Lande" zum Vorschein gekommen. Sie kennen dieses Stück: es hatte einen jungen Menschen zum Verfasser, der hier in Berlin noch auf Schulen war, der aber nach der Zeit bessere Ansprüche auf den Ruhm eines guten komischen Dichters der Welt vorlegte und selbst aus Liebe zur Bühne ein Schauspieler ward, nämlich den verstorbenen Herrn Krieger."

Die Entstehungszeit des Erstlingswerks unseres Dichters lässt sich nicht genau bestimmen. Lessings Angabe im 83. Stück der Dramaturgie, dass die „Geistlichen auf dem Lande" der erste dramatische Versuch Krügers wären, den er gewagt, als er noch auf dem Grauen Kloster in Berlin studirte, lässt sich nicht beweisen, ist vielmehr sehr unwahrscheinlich. Der Umstand, dass das Stück erst fünf Jahre nach Krügers Abgang von der Schule gedruckt wurde, ist sehr auffallend, wenn auch nicht ausschlaggebend. Aus dem Drama geht, wie ich weiter unten erweisen werde, klar hervor, dass Krüger erst durch die schlimmen Erfahrungen während seiner Studienzeit als Theologe und nach dem frühzeitigen Abschluss derselben, da er zum Warten und Hungern verdammt war, veranlasst wurde, seinem Groll in dieser bittern, hasserfüllten Satire Luft zu machen. Allerdings ist er dabei von dem Einfluss früherer dramatischer Erzeugnisse nicht frei geblieben, und es lässt sich deutlich die Einwirkung zweier Werke nachweisen. Das sind Molières „Tartuffe" und der Frau Gottsched „Pietisterey im Fischbeinrock."

Molière hat in seinem Lustspiel die Heuchler, im besondern die religiösen Heuchler gegeisselt, und den Anlass, seine Waffen gegen sie zu kehren, gaben ihm die Jesuiten. Sein

---

[1]) Berlin 1764.

Werk entsprang sozusagen aus einem aktuellen Bedürfnis. Weder bei Frau Gottsched noch bei Krüger liegt ein ähnlicher Grund vor. Die Komödie der Ersteren ist, wie bekannt, eine Nachahmung der „Femme Docteur ou la Théologie Janseniste tombée en Quenouille" von Bougeant und richtet ihre Spitze gegen die Pietisten. Dem Werke fehlt es also an Originalität. Denselben Vorwurf könnte man auch gegen Krüger erheben, doch in weit geringerem Grade. Vielleicht treffen wir das Richtige, wenn wir annehmen, dass die traurigen Erlebnisse auf der Universität dem Verfasser den Stoff zu seiner Satire geliefert haben, die allerdings ohne Molière und Frau Gottsched vielleicht gar nicht, oder doch ganz anders geschrieben worden wäre.

Um die Verwandtschaft der drei Dramen darzuthun, will ich die ihnen gemeinsamen Züge hervorheben. In allen handelt es sich darum, dass ein Heuchler in den Besitz eines Mädchens zu gelangen sucht, das reich mit irdischen Gütern gesegnet ist, sich aber bereits einem Freier versprochen hat. In der „Pietisterey" begehrt der Magister Scheinfromm das Mädchen zwar nicht für sich, sondern für einen Vetter, den Herrn von Muckersdorff, doch beansprucht er einen Teil von dem Vermögen als Lohn. Um zum Ziele zu gelangen, suchen und finden diese Heuchler den Beistand leichtgläubiger Menschen. Bei Molière unterstützen Madame Pernelle und ihr Sohn Orgon, also Grossmutter und Vater des umworbenen Mädchens, den Tartuffe, Frau Gottsched und Krüger weisen diese Rolle der Mutter zu.

Lüsternheit, Frechheit und Gier nach den Freuden der Tafel sind weitere Züge, die bei den Helden aller drei Dramen wiederkehren. Tartuffe empfindet fleischliche Lust nach Orgons Frau, seiner erhofften Schwiegermutter, doch erreicht er sein Ziel nicht. Frau Gottsched geht weiter. Gleich im ersten Auftritt des 1. Akts erzählt Cathrine, die Magd der Frau Glaubeleichtin, deren Tochter, Jungfer Luischen, von dem Betragen eines der Pietisten: „Glaubt sie wohl, dass Herr Magister Hängekopf mit mir schöne thut? und dass die Schuld nicht an ihm liegt, wenn ich keine handgreif-

liche Ketzerey begehe?" Diese handgreifliche Ketzerei wird
von Herrn Magister Scheinfromm wirklich begangen. Im
4. Akt erfährt die theologische Betrachtung, in die sich die
gelehrten Frauen und der genannte Magister vertieft haben,
plötzlich eine heftige Unterbrechung durch Frau Ehrlichen,
welche den Frauen mitteilt, wie der Herr Magister ihre
Tochter „in der Reelgon enfermeret" hat. „De verflookte
Keerl es dem Meeken allerly gottloss Tüg anmoden. Eck
seh! se siht ut! se grient; eck frag er! Endlich kömm't her-
rut, wat Herr Scheinfromm vor een schöner Herr es."

Mit welchem Behagen und mit welcher Ausführlichkeit
nun erst Krüger den Verlauf von Kathrinens Verführung
durch Muffel erzählt, das lässt sich nicht wiedergeben. Er
bringt das Opfer der Brunst Muffels auf die Bühne, und im
Zwiegespräch mit dem Hausknecht Peter berichtet die Magd
genau über den Hergang und die Listen, welche ihr Herr
angewandt, um bei ihr seinen Willen durchzusetzen.

Tartuffes Verlangen nach den Freuden der Tafel schildert
Molière in der 5. Scene des 1. Akts, da Orgon nach vor-
übergehender Abwesenheit wieder nach Hause kommt und
sich nach aller Befinden erkundigt. Die Dienerin Dorine be-
schreibt die gastronomischen Leistungen des Helden. Schon
sein Aeusseres legt Zeugnis davon ab, was sein Magen zu
leisten vermag:

Il se porte à merveille,
Gros et gras, le teint frais, et la bouche vermeille.

Auch Herr Scheinfromm ist kein Kostverächter. Die Magd
Cathrine bringt Frau Glaubeleichtin die Nachricht (Akt I, 2),
dass Scheinfromm in der Nacht unwohl gewesen sei, doch gehe
es ihm augenblicklich wieder besser. „Wie ich kam, sass er
eben mit zwey andern strengen heiligen Geistlichen bey einem
guten Früh-Stücke."

Die beiden Geistlichen in Krügers Lustspiel huldigen
besonders dem Trunk. Im ersten Auftritt des 1. Akts weist
Peter die Vorwürfe Kathrinens wegen seines Trinkens mit
den Worten zurück: „Was geht dir mein Trinken an? unsre

beyde Pastoren werden es nicht besser machen. Sie werden
wohl den Prediger an die Wand henken, und sich als ein
paar lustige Bauernknechte recht Petermässig betrincken."
Weiter erzählt Kathrine von ihrem Herrn: „In seinem Ge-
hirn hat er mehr Schnupftoback als Verstand. Die auf-
steigenden Dünste von dem vielen Doppelbiere, und der
Rauch vom Toback, haben ihm auch viel Platz weggenommen."
In einer andern Scene (I, 4) bittet Muffel seinen Knecht, „ihn
heimlich am Ermel zu zupfen, wenn ihn der Satan verführen
sollte, ein Glas zu viel zu trinken".
Die allen drei Lustspielen gemeinsamen Züge dürften
hiermit erschöpft sein. Indes finden sich bei Krüger noch
weitere Beziehungen entweder zu Tartuffe oder zu der Pietisterey. Da Elmire Tartuffe ihre Bedenken wegen der Sünd-
haftigkeit seines Vorhabens äussert, sucht er sie mit den spitz-
findigsten Gründen zu beschwichtigen:

Le ciel défend, de vrai, certains contentements;
Mais on trouve avec lui des accommodements.
Selon divers besoins, il est une science
D'étendre les liens de notre conscience,
Et de rectifier le mal de l'action
Avec la pureté de notre intention.

— — —

Je vous réponds de tout et prends le mal sur moi.

In ähnlicher Weise, allerdings weniger fein, lässt Krüger
seine Geistlichen reden. Ihnen ist alles erlaubt. „Ein Geistlicher muss niemals Unrecht haben." (II, 10) „Die Prediger-
frauen müssen schweigen und lügen können."
Elmire sucht Tartuffe mit seinen eigenen Waffen zu
schlagen:
Mais comment consentir à ce que vous voulez, Sans offenser
le ciel, dont toujours vous parlez? Ebenso möchte Kathrine
Muffels böse Absichten vereiteln: „Ich suchte ihn auch theils
durch Bitten, theils durch Anführung seiner eigenen Worte,
davon abzubringen; aber vergebens. Er antwortete ganz
trotzig: Ein Geistlicher könne nicht sündigen, sein Amt
mache alle Schandthaten heilig. Überdem, fuhr er fort, so
haben wir uns ja durch die eine Helfte der Betstunde zu

unserm Vorhaben geheiliget, und wann ihr meinen Wunsch werdet erfüllet haben, so wollen wir in der andern Helfte der Betstunde alles wieder gut machen. Hier wurde ich endlich mehr von meiner Schwäche, als von der Stärke seiner falschen Beredsamkeit überwunden.“

Da Peter Kathrine nicht heiraten will, bemüht sich Muffel seine Einwände zu entkräften: „Was ich gethan habe, schadet euch so wenig als ihr (Kathrine), weil Ich es gethan habe. Euer Gewissensscrupel ist von Wichtigkeit, Peter, doch wir Prediger wissen dergleichen zu heben.“ (I, 6).

Einem Geistlichen in der Stadt, der allerdings in dem Stück nicht auftritt, hat Krüger sogar den Namen von Molières Helden gegeben. Tempelstolz fragt Muffel, der ihm das Leben der Stadtpfarrer, welche übrigens den Landgeistlichen nichts nachgeben, schildert: „Kennen sie nicht den andächtigen Mann, den Herrn Tartüffe?“ Hier weist also Krüger absichtlich und bewusst auf seine Vorlage hin.

Auch die „Pietisterey“ enthält noch mehrfach Analo-gien mit Krügers Drama. Schon in der Wahl der Namen zeigt sich Ähnlichkeit. Frau Gottsched legt, wie bereits vor ihr geschehen, den Personen ihrer Dramen gern charakterisi-rende Namen bei. So finden wir in der „Pietisterey“ Herrn Glaubeleicht, Herrn Wackermann, Herrn Magister Schein-fromm u. s. w. Auch Krüger hat in diesem seinem Erstlingswerk den beiden Geistlichen solche Namen gegeben und ebenso dem Lehrer Wilhelminens, Wahrmund. In seinen späteren Lust-spielen thut er dies nicht mehr.

Der Magister Scheinfromm einerseits und Muffel und Tempelstolz anderseits sind grosse Ignoranten. Frau Glaube-leichtin, Frau Zanckenheimin und Frau Seufzerin haben jede eine Erklärung der Wiedergeburt „die noch kein einziger Theologus recht erklärt habe,“ aufgestellt. Scheinfromm soll den Streit, der deshalb unter den 3 Frauen entstanden ist, schlichten und erklären, welche recht hat. Da zeigt sich seine krasse Ignoranz. Die Definitionen kann er nicht ver-stehen, geschweige sie auf ihre Richtigkeit hin prüfen, des-halb giebt er allen dreien recht, jede soll bei ihrer Erklärung

bleiben. Wenn er irgendwelche gelehrte Bücher in seiner
Bibliothek hat, so vermeint er schon, sie zu kennen; ja es
genügt auch, wenn sie ein guter Freund besitzt.
Muffels und Tempelstolzens Unwissenheit ist sogar den
Bedienten kein Geheimnis. „Die meisten Prediger wollen
Geheimnisse haben," sagt Kathrine zu Peter; „in der That
aber haben sie nur ein einziges, welches darin besteht, dass
sie gar nichts wissen." Als Muffel hört, dass Frau v. Birkenhayn und ihr Bruder ankommen, bricht er in die Worte aus:
„Der Henker, nun hab ich noch nicht drauf studiert, wie ich
sie bewillkomen muss." Tempelstolz ist nur durch Frau
Brigittens Hülfe zu Amt und Würden gelangt. Der Versuch, den beide Geistlichen unternehmen, Wilhelmine von
der Schädlichkeit der Philosophie zu überzeugen, schlägt in
Folge ihrer Unwissenheit vollständig fehl. Noch mehr tritt
diese in der 12. Scene des 3. Akts zu Tage, wo der verkleidete
Peter sich als Student der Theologie aus Halle vorstellt.

Bei der Gottschedin will die gekränkte Frau Ehrlichen
Gerechtigkeit für den ihrer Tochter angethanen Schimpf beim
Consistorium suchen. „Ach meine Frau", sagt Scheinfromm
zu ihr, als sie dessen Gemeinheiten kund gethan, „geht doch,
und lasst uns zufrieden." „Wat?", schreit die Frau alsdann,
„Eck war ju nich to freden laten; stracks kaamt met my vor't
Consistorien. Kaamt met my; eck segg't ju; or eck kratz ju
de Ogen ut." Ebenso wendet sich Frau Brigitte an das Consistorium, und wir wissen bereits, welchen Bescheid sie erhielt.

Krügers Anlehnung an die „Pietisterey" tritt besonders in
der 5. Scene des 2. Akts hervor, die ganz nach dem Vorbild
einer Scene bei Frau Gottsched angelegt ist. Frau Glaubeleichtin fordert ihren ungläubigen Schwager Wackermann auf,
doch einmal ihre Versammlungen zu besuchen, damit er sieht,
ob sie ihre Theologie verstehen. „Potz tausend," erwidert
Wackermann, „das will ich thun. Die wackeren Orthodoxen
werden gewiss von euch nicht verschonet werden, und Gott
weiss, wie es dem armen Fechten und Wernsdorffen[1]) gehen

---

[1]) Namen hervorragender Orthodoxen.

wird." Als Frau Glaubeleichtin diese verruchten Namen hört, fällt sie in Ohnmacht. Ihre Magd Cathrine erweckt sie wieder zum Leben, indem sie ihr ins Ohr schreit: „Tauler! Gnade! Wiedergcbuhrt! Der innere Funke! Die geistliche Salbung! Der innere Mensch! Der heilige Jacob Böhme."

Dieser Scene entspricht die folgende in den „Geistlichen." Herr von Roseneck hat seiner Schwester gestanden, dass ihre Tochter ihren früheren Lehrer Wahrmund, den Philosophen, liebt. Bei dem Gedanken, dass ihr Kind einen Philosophen heiraten soll, wird Frau v. Birkenhayn von Entsetzen erfasst, sie sieht ihre Tochter schon in der Hölle brennen, sie glaubt den Teufel leibhaftig vor sich zu erblicken und verliert die Besinnung. Schnell kommen Muffel und Tempelstolz als Helfer in der Not und bringen durch Vorlesen von Segenssprüchen und Singen von Liedern die Ohnmächtige wieder zu sich.

Hiermit wären die Hauptbeziehungen von Krügers Lustspiel zu seinen beiden Vorbildern festgestellt. Dass noch weitere Einflüsse gewirkt haben, ist kaum anzunehmen. Noch verdient erwähnt zu werden, dass der Name Muffel an die Satire Joh. Simon Buchkas erinnert, die 1731 unter dem Titel „Muffel der Neue Heilige" erschien. Sicherlich hat Krüger den Namen ihr entnommen. Über das Wort Muffel giebt Buchka selbst in den später erschienenen „Evangelischen Bussthränen"[1]) folgende Erklärung: „Neukirch gab mir Gelegenheit, warum ich vielmehr diesen (Namen) als einen andern wählte. Denn in seiner sechsten Satyre, welche sich in den Hankischen Gedichten[2]) S. 210 befindet, steht dieses Wort etliche zwanzig mal. Der Anfang lautet schon so:

Wie lange wird mir doch in Leipzig hier die Zeit,
Sprach Muffel voller Angst in seiner Einsamkeit.

Es ist auch eine Französische Schrift bekannt, die den Tittel Oufle führet. Versetzt man die Buchstaben, so heisst es le fou, ein Thor, ein Phantast. Und so wird auch dieser

---

[1]) Leipzig und Bayreuth 1740.
[2]) G. B. Hanke, Weltliche Gedichte 1727.

Monsieur Oufle in der ganzen Schrift abgebildet. Die Franzosen drücken ihr Monsieur oft mit dem Anfangsbuchstaben M. aus. Daher ist es glaublich, dass der deutsche Muffel bey den Poeten nichts anders als M. Oufle heisse."

Es lässt sich aus den „Geistlichen auf dem Lande" beweisen, dass der Verfasser eigne Erlebnisse und Erfahrungen, die er nur während seiner Studienzeit gemacht haben kann, darin verwertet, wodurch sich das Stück um so lebensvoller, wirksamer und interessanter gestaltet. Darin erinnert er an Christian Reuter, der ebenfalls seine Studentenerfahrungen in seinen Lustspielen dargestellt hat. Muffel und Herr Tartüffe haben, wie ja auch Krüger in Halle, und zwar „auf dem Waysenhause" studirt. Auch Peter tritt als verkleideter Student aus Halle auf. In vielen Unthaten, welche von den Geistlichen erzählt werden, müssen wir Anspielungen auf wirkliche Vorkommnisse vermuten. In der „Pietisterey" findet sich derselbe Zug. „Nachts soll in einer übel berüchtigten Vorstadt von Königsberg ein Geistlicher aufgegriffen worden sein, den man anfangs für einen Priester aus dem Löbenicht gehalten habe, der dann aber als Einer aus dem Collegio Fridericiano ermittelt worden sei. Mit Recht vermutet August Hagen, dass hier auf ein tatsächliches Ereigniss angespielt werde[1]."

Dass wir Grund haben, bei Krüger dasselbe anzunehmen, beweist vor allem folgende Stelle. Herr von Roseneck richtet an Wahrmund die Frage, „warum doch in dem geistlichen Stande, welchem von dem Pöbel die grösste Ehre erwiesen wird, die meiste Unwissenheit und die grösten Laster herrschen." „Vielleicht", erwidert Wahrmund, „kan ich ihrer Neubegierde genug thun, weil ich Schulen und Academien, als die Pflanzgärten dieser Leute, mehr, als sie, besucht habe. — — — — Ein seichtes, schläfriges und lasterhaftes Gemüthe wählet den geistlichen Stand, weil es sich zu keinem andern so brauchbar befindet. Wird ja ein aufgeweckter Kopf zuweilen durch Dürftigkeit genöthiget, diesen Stand zu erwählen, so muss er schon ein Glückskind seyn, wenn

[1] P. Schlenther, Frau Gottsched S. 145.

er seinen Vorsatz vollführen will; denn, weil er nicht heucheln und nicht unverschämt seyn kann, so muss er oftmals sein Vorhaben fahren lassen, und lieber ein Soldat oder C o m ö - d i a n t, als ein Prediger werden." Es ist leicht begreiflich, dass Krüger in seinem Groll über seine fehlgeschlagene Laufbahn sich zu solchen persönlichen Bemerkungen hinreissen liess. Ja es liegt der Gedanke nahe, dass zur Figur des Wahrmund der Verfasser selbst Modell gestanden hat, wie auch später zum Hermann in den „Candidaten," wo es noch deutlicher zu Tage tritt.

Somit dürfen wir Lessings Behauptung, die „Geistlichen" seien schon auf dem Grauen Kloster verfasst, kaum irgend welche Bedeutung beimessen.

Mit der Veröffentlichung seiner Satire erregte Krüger grosses Aufsehen und natürlich auch grossen Anstoss. „Die Geistlichen auf dem Lande" wurden verboten; sie teilten das Schicksal der „Pietisterey," die man ebenfalls zu unterdrücken suchte.[1] Beide Stücke erschienen anonym, die Verfasser hielten sich im Verborgenen. In der zeitgenössischen Presse wird, soweit sie mir zugänglich gewesen ist, des Krügerschen Lustspiels selten und dann nur mit wenig Worten gedacht. Weder in der Vossischen noch in der Spenerschen Zeitung findet sich die Anzeige, dass es in den Buchläden zu haben ist, und man darf daraus schliessen, dass es mit dem Verbot seine Richtigkeit gehabt hat. Werden doch die „Ärzte" von Mylius, die getreue Nachahmung der Geistlichen, daselbst mehrfach angezeigt und auch ausführlich besprochen.

Nachstehend gebe ich zwei kurze zeitgenössische Urteile über die „Geistlichen" wieder, in denen ein richtiger Kern enthalten ist. Die erste steht im 172. Stück des Hamburgischen Correspondenten vom 26. Oktober 1743:

„Wir wollten mit dem Verfasser in etwas zufrieden seyn, wenn dieses Lustspiel die Aufschrift hätte: Der Geistliche auf dem Lande. Behüte der Himmel! nicht alle Geistlichen leben so wie sein Herr Muffel und sein Mitbruder Herr Tempelstolz. Man siehet wol, der Verfasser hat eine vorgefallene Begebenheit auf die

Schaubühne bringen wollen. Allein was gehet dieses andern rechtschaffenen Predigern auf dem Lande an."

Einen ähnlichen Tadel äussern die „Göttingischen Zeitungen von Gelehrten Sachen" im 94. Stück des Jahrgangs 1743: „Es mag dieses Lustspiel eine wahre Geschichte, oder etwas erdichtetes zu Grunde haben, so sind wir der Meynung, dass der unbenannte Verfasser das Lächerliche, welches er bey einigen ungeschickten Landpriestern vorstellet, zu weit getrieben habe. Ob wir nun zwar nicht leugnen wollen, dass zuweilen sich auch bey der Geistlichkeit auf dem Lande solche Begebenheiten zutragen, dass es heissen möchte: difficile est satyram non scribere: so hätte doch der Verfasser sein satyrisches Salz sparsamer anbringen müssen."

Zunächst muss nun einer Gegen- und Ergänzungsschrift zu Krügers Lustspiel gedacht werden, die ein Jahr nach diesem erschien und den Titel führt: „Verbesserungen und Zusätze des Lustspiels Die Geistlichen auf dem Lande in zweien Handlungen samt dessen Nachspiel. Zu finden in der Frankfurter und Leipziger Michaelmesse. 1744." Dies überaus matte Machwerk setzt sich die Verherrlichung der von Krüger so sehr geschmähten Geistlichen zum Ziel. Der Pastor Treulieb besitzt alle die Tugenden, die Muffel und Tempelstolz abgehen. Diesmal werden die unsauberen Thaten, ohne die es nun einmal nicht geht, von Rechtsgelehrten begangen. Der Amtmann Haferstroh quält sein Weib Duldeviel derart, dass sie sich von ihm scheiden lässt, und er kann jetzt sein unsauberes Verhältnis zu Frau Schickdich, dem Weibe des Schulzen Gutheiss, desto ungestörter fortsetzen. Ferner versucht er durch Kniffe aller Art für den des Ehebruchs angeklagten Bauer Kalbskopf ein freisprechendes Urteil zu erwirken. Im zweiten Akt wird u. a. der Junker Honeycomb von Kohlstengel eingeführt, der mit seinem Prediger im Streit liegt, weil dieser seinen Umgang mit einem liederlichen Weibsbild dem Consistorium angezeigt hat. Zu diesen Ehrenmännern sollen der Pastor Treulieb und sein Weib Tugendhold in wohlthuenden Gegensatz treten. Besonders der zweite Akt wird mit Diskussionen über alle möglichen Themen ausgefüllt; von Handlung ist kaum die Rede, wie denn allerdings das Stück im Gegensatz zu den

Geistlichen gar nicht für die Bühne gedacht ist. Bei Gelegenheit dieser Diskussionen kommt die bei dem Amtmann
Haferstroh versammelte Gesellschaft auch auf Krügers Lustspiel zu sprechen. Ein junger Rechtsgelehrter, Espritfort,
nennt es ein sinnreiches Lustspiel, worauf Treulieb erwidert:
„Es müssen sich auch Personen von höherem Stande gefallen
lassen, ihre Handlungen auf das sorgfältigste gehässig und
verdächtig gemachet zu sehn. Solche Beurtheilungen fliessen
gemeiniglich aus einem neidischen und unzufriedenen Gemüthe
her, und bringen ihrem Urheber wenig Nutzen.“ Der Pastor
hebt darauf einige Fehler hervor, die der Verfasser in der
Charakteristik der Personen begangen habe, besonders schlecht
aber seien die Prediger weggekommen, denen kein vernünf-
tiges Wort in den Mund gelegt und deren Bild vollständig
verzeichnet sei. Auf den Einwurf des Amtmann Haferstroh,
dass die Absicht des Verfassers nicht so strafbar wäre, da er
nach seinen eigenen Worten eine billige Hochachtung gegen
alle rechtschaffenen Lehrer trage und nur das Lächerliche an
einigen vorstellen wolle, entgegnet Treulieb: „So geneigt ich
anfangs war, solches zu glauben, so unmöglich wird es mir,
da in der ganzen Schrift nichts als Bitterkeit gegen den ganzen
Stand herrschet und hervor leuchtet. Sie können es mir, meine
Herren, eben nicht leugnen, dass man nicht solte in allen Ständen Beispiele finden von Personen, an welchen man etwas un-
anständiges und lächerliches antrift. Würden sie es mir aber
wohl zu gute halten können, wenn ich solches allgemein
machete, und einem jeden insbesondere damit anschwärzen
wolte?“ In seinem weiteren Verlauf enthält das Gespräch
noch eine interessante Wendung. Die am Kaffeetisch sitzen-
den Frauen kritisiren unter andern auch das gegen Gottsched
gerichtete „Vorspiel“ von Rost, und Frau Duldeviel nennt es
„ein Buch mit aufgewecktem aber gar zu bitterem Geiste geschrieben.“ Frau Tugendhold stimmt dem bei. „Ich habe
es,“ sagt sie, „mehr als einmal durchgelesen, und belustige
mich auch noch, an dem Erhabenen, Sinnreichen und Zier-
lichen darin. Mich dünket, Frau Amtmannin, solche Leute
müssen wir auch haben, die dem Hochmuthe und Eigensinne

etwas Einhalt thun: bedenken sie, wie weit würde derselbe gehn? D u l d e v i e l. Ich halte es dem Verfasser zu gute, wenn er sich mit der Madame G. ihrem Baron, und anderen Schwachheiten, etwas zu gute thut. Mich dünket aber auch, dass er gar zu viele Liebe für die bekannte Neuberin hat." Diese „Zusätze" schliessen mit einem Nachspiel, in welchem dem Junker von Kohlstengel und dem Amtmann Haferstroh der Prozess gemacht wird.

Ferner enthält die Schrift ein Vorwort, das an irgend einen „Hochwohlgeborenen Gnädigen Herrn" gerichtet ist und dessen Urteil über Krügers Werk preist, denn man könne wenig Geschmack an einer Ausführung finden, „an welcher man nichts als Bitterkeit und Hass, vermischet mit den niederträchtigsten Dingen, wahrnehmen kann." Nach diesem Vorwort steht eine „Nöthige Erinnerung an den Verfasser des Lustspieles," in der dieselben Ausstellungen an den „Geistlichen" gemacht werden, die nachher Treulieb hervorhebt. Den Schluss des ganzen Werks macht eine Nachschrift, die so beginnt: „So eben läuft die betrübte Nachricht ein, dass der Verfasser des Lustspieles, mein im Leben liebgewesener Freund, an einem kalten Fieber, gestorben sey." Geboren 1712 zu Jacobsburg habe er viele öffentliche Schulen besucht, sich dann der Gottesgelehrtheit und schliesslich seiner Gesundheit wegen der Rechtsgelehrtheit gewidmet. Seine Schriften lägen noch verborgen, doch habe er sich durch das bekannte Lustspiel, woran er zwei Jahre unermüdlich gearbeitet habe, verewigt. Es handelt sich hier zweifellos um eine Mystifikation, die verschleiern soll, dass der Verfasser selbst Geistlicher ist und somit pro domo redet.

Die Frage, ob die „Zusätze und Verbesserungen" aus Krügers Feder stammen, welche Cosack[1]) zu bejahen geneigt ist, muss ich durchaus verneinen. Gegen Krügers Autorschaft spricht der Stil, der von dem der „Landgeistlichen" völlig abweicht, ferner der Umstand, dass dies zweite Werk nicht dramatisch angelegt, nicht für die Bühne gedacht ist. Entscheidend

---

[1]) Materialien z. Hamb. Dram. 2. Aufl. S. 374 ff.

für diese Frage ist folgende Stelle in der „Nöthigen Erinnerung an den Verfasser des Lustspieles" (der „Geistlichen a. d.
Lande"): „Ist es möglich, ihren eigenen Stamm und Ursprung so
zu schänden? können Sie ohne eigene Beleidigung so vielen
rechtschaffenen Leuten, auf eine so gehässige Art, wehe thun,
und des Pfluges so bald vergessen, woran sie doch ehemals
selbst Hand an legten, und darum verliessen, weil Sie sich
zu schwach befunden? Dies wusste ich wohl, dass man wenig
daran einbüssen werde." Soll man annehmen, dass Krüger
solche beleidigenden Worte an sich selbst gerichtet hat?

Dass in diesen „Verbesserungen und Zusätzen" für Rosts
Vorspiel gegen Gottsched Partei genommen wird, erregt auch
grosses Bedenken und spricht gegen Krügers Verfasser-
schaft. Das Stück segelt ja allerdings unter anonymer Flagge;
aber bei dem offenen, ehrlichen Charakter Krügers wird es
schwer zu glauben, dass er gerade zu jener Zeit, wo er
zweifellos Gottscheds Bekanntschaft gemacht und in dem
oben erwähnten Königsberger Jubelvorspiel sein Lob gesungen
hatte, einen so heimtückischen Streich gegen den damals
noch ziemlich mächtigen Diktator geführt hätte.

Jördens giebt auch an, dass die „Zusätze" nicht von
Krüger stammen, und Ebeling sagt im 3. Bande seiner Geschichte der komischen Literatur: „Ein Ungenannter suchte
es (das Stück „Die Geistlichen") in der witzlosen Replik ab-
zustrafen: Verbesserungen und Zusätze."

Danzel äussert sich über diese Frage in seinem Buch über
Gottsched anders als in seiner Lessingbiographie. Dort sagt er[1]),
es stehe nicht ganz fest, „dass die Zusätze zu den Geistlichen auf dem Lande von Krüger selbst herrühren, denn hier
wird 1744 für das berüchtigte Rostsche „Vorspiel" gegen
Gottsched Partei genommen." Dagegen heisst es in dem
Werk über Lessing:[2]) „Krüger hatte wegen dieses Stückes
(die Geistlichen) Anfechtungen zu bestehen, da schrieb er Zusätze zu den Geistlichen auf dem Lande in einigen Scenen,

---

[1]) Danzel, Gottsched S. 166.
[2]) Danzel, Lessing (1849) I, S. 186.

welche die Tendenz haben auszusprechen, nicht alle Geistlichen seien so schlimm."

Wir wenden uns nun zu den N a c h a h m u n g e n, die
durch Krügers Satire hervorgerufen worden sind. Die erste
ist das Lustspiel „d i e Ä r z t e" von M y l i u s, 1745 erschienen. Bekannt ist die Vorrede Lessings zu Mylius' Schriften
und sein Urteil über dessen Lustspiel. Wir erfahren daraus,
dass die günstige Aufnahme, die die „Geistlichen" bei dem
Publikum gefunden hatten, einen spekulativen Buchhändler
veranlasste, Mylius um die Verfertigung eines ähnlichen Lustspiels anzugehen, in dem er jedoch den Ärztestand „Musterung
passiren lassen sollte."

Eine kurze Inhaltsangabe des selten gewordenen Mylius-
schen Stücks wird genügen, die verblüffende Ähnlichkeit mit
dem Vorbild zu zeigen. Wie bei Krüger zwei Theologen, so
stehen hier zwei Ärzte im Mittelpunkt der Handlung,
Doktor Pillifex und Doktor Recept. Signifikante Namen hat
also auch Mylius gewählt. Die beiden Ärzte haben es verstanden sich bei Frau Vielgutin, deren Gemahl, ein reicher
Kaufmann, sich schon seit einer Anzahl von Jahren auf
einer Weltreise befindet, in uneingeschränkte Gunst zu setzen,
und behandeln sie à la malade imaginaire mit Pillen, Pulvern,
Clystiren u. s. w. Wie Muffel seine Haushälterin, so hat
Recept Dorchen, der Frau Vielgutin Köchin, überredet ihm
zu Willen zu sein. Das Verhältnis ist ebenfalls nicht ohne
Folgen geblieben, und Mylius überbietet sein Vorbild noch,
indem er Dorchen in hochschwangerem Zustand auf der
Bühne erscheinen lässt. Pillifex und Recept bewerben sich
um die Hand „Luisgens", der Tochter der Frau Vielgutin. Natürlich ist das Vermögen die Hauptsache. Sie
finden Unterstützung bei der Mutter, aber nicht den Beifall der Tochter, die vielmehr in Damon verliebt ist. Dieser
ist ebenfalls Mediziner, giebt sich aber, da Luisgen vor
Ärzten grossen Abscheu hat, als Juristen aus. Wie bei
Krüger demjenigen der beiden Geistlichen die Braut gehören
soll, der aus ihr den unsaubern Geist austreibt, so soll der
Doktor Luisgens Hand erhalten, welcher die Köchin von ihrer

2

vermeintlichen Krankheit befreit. Der eine der beiden Ärzte erklärt nämlich, sie habe Wassersucht. Zusammen setzen sie einen Contrakt auf, worin sie die Abmachung treffen, sich in das Geld und das Mädchen zu teilen. „Welchergestalt aber eigentlich der Herr D. Pillifex nach Gelde, und der Herr D. Recept eigentlich nach Schönheit freyet: als wollen sich Contrahenten hiermit dahin verglichen haben, dass, wenn der Herr D. Recept Luisgen zur Ehe bekommen sollte, könnte, oder möchte, er dem Herrn D. Pillifex drey Viertheil von dem Heirathsgute, nebst dem Usufructu von dem übrigen, auf Zeit Lebens abzutreten, auch, ihm, dem Herrn D. Pillifex, die Helfte von allem, was er künftig von der Frau Vielgutin pro labore ac stupro bekommen wird, abzugeben, gehalten sein soll: dagegen, wenn der Herr D. Pillifex Jungfer Luisgen zur Ehe bekommen sollte, soll er gehalten seyn, dem Herrn D. Recept den Usufructum ihres Leibes, so oft, als es ihm, dem Herrn D. Recept gefällig seyn wird, zu verstatten, und nach Befinden und auf ergangene Requisition, ihn so wohl bei seiner Frau zu Hause allein zu lassen, oder sie auch zu ihm ins Haus zu schicken."

Durch dieses Schriftstück, das in Frau Vielguts Hände gelangt, und durch den Umstand, dass Dorchen von ihrem „dicken Bauche" befreit und von einem Kind entbunden wird, dessen Vater zu nennen sie sich nicht scheut, wird Frau Vielgut von ihrer Vorliebe für die Ärzte geheilt. Sie hat jetzt nichts mehr gegen die Heirat ihrer Tochter mit Damon, der sich übrigens auf den Rat Luisgens der Mutter gegenüber als das, was er wirklich war, nämlich als Arzt ausgegeben hatte, einzuwenden. Die Tochter muss natürlich ihrem Gelübde, keinen Arzt heiraten zu wollen, untreu werden. Zum Schluss kommt Herr Vielgut von seiner Reise unerwartet zurück, und es stellt sich alsdann heraus, dass Damon der Sohn eines seiner Freunde ist, mit dem er vor fünf Jahren die Verheiratung der Kinder verabredet hatte.

Wie man sieht, sucht Mylius an Gemeinheit und Rohheit Krüger zu überbieten. Anderseits nimmt er seiner Satire etwas an Schärfe, indem er Ärzte durch einen Arzt,

der einen erfreulichen Gegensatz zu den beiden Übelthätern
bildet, entlarven lässt. Die letzten Worte Luisgens lauten:
„Ich sehe nun, dass es, wie in allen Lebensarten und Ständen,
also auch unter den Ärzten, zwar viel Thoren, aber auch
vernünftige Leute giebt." Mylius hat aus der Lektion, die
die „Verbesserungen und Zusätze zu den Geistlichen auf dem
Lande" geben wollten, Nutzen gezogen. Kritik und Apologie
sind in seinem Lustspiel vereint.

Zwei Jahre nach den „Ärzten" erschien ein anderes sa-
tirisches Schauspiel, auf welches ebenfalls die „Geistlichen"
unverkennbaren Einfluss ausgeübt haben. Es ist betitelt „Die
Klägliche" und wurde in Hamburg 1747 gedruckt[1]). Verfasser
ist Gottlieb Fuchs (1720—99), der durch seine „Gedichte
eines Bauernsohnes" bekannt geworden ist. Jördens sagt
über das Lustspiel im 1. Bd. seines Lexikons: „Er (Fuchs)
soll dies persönliche Possenspiel auf der Schule in Freiburg
geschrieben, und sich dadurch viele Verdriesslichkeiten zuge-
zogen haben." Fuchs war auf der Schule in Freiburg von
etwa 1738—44. Ob die „Klägliche" wirklich zu dieser Zeit
entstand, muss dahingestellt bleiben. Wie das Stück in seiner
Entstehungsgeschichte Ähnlichkeit mit Krügers „Geistlichen"
zeigt, so auch in Anlage und Durchführung. Frau Dittrichin,
eine immer kläglich thuende, abergläubische Frau möchte
ihre Tochter Charlotte mit Herrn Geldlieb, dem Vetter und
Nebenbuhler des von der Tochter begünstigten Liebhabers
Leander verheiraten. Auch ein Pedant, Magister Holzwurm,
bewirbt sich um Charlotte, doch der ist nicht einmal der
Mutter genehm. Geldlieb ist, wie schon sein Name sagt, ein
Geizhals von der allerschmutzigsten Sorte, der es nur auf
das Geld der Frau Dittrichin abgesehen hat. Magister Holzwurm versucht, vermöge seiner vortrefflichen lateinischen
Kenntnisse sein Ziel zu erreichen. Also gegen die Geiz-
hälse und pedantischen Schulmeister richtet sich diese Satire,
deren Verfasser wohl auch persönliche Erfahrungen dabei

---

[1]) Dieses Lustspiel scheint sehr selten zu sein. H. Kurz kennt
es nicht; in Gödekes Grundriss IV, S. 124 ist das Jahr des Erschei-
nens unrichtig (1746 statt 47). Ein Exemplar befindet sich in Berlin.

verwendet haben mag. Die Lösung wird ganz ähnlich wie
in Molières „Les Femmes savantes" dadurch herbeigeführt,
dass der Frau Dittrichin angeblich ihr Geld gestohlen wird,
worauf der enttäuschte Geldlieb seinem Nebenbuhler Leander
das Feld räumt.

Ein weiteres dramatisches Produkt, das wiederum unter
Krügers Einfluss steht, erschien 1753 zu Hamburg unter dem
Titel „Die Advokaten." Wir kennen dies Lustspiel
seinem Inhalt nach nur aus einer Recension Lessings: es
scheint allen Herausgebern von Lessings Schriften unbekannt
und also wol verschollen zu sein. Im 25. Stück der Berlinischen privilegirten Zeitung vom 26. Februar 1754 kritisirt
Lessing das Stück, indem er das von den „Landgeistlichen"
und „Ärzten" Gesagte zum Teil wiederholt.

Ich komme zu dem letzten Lustspiel, von dem sich
nachweisen lässt, dass es durch Krüger beeinflusst ist, nämlich zu Chr. F. Weisses „Poeten nach der Mode," die 1751
für Kochs Bühne verfasst wurden. Die satirischen Beziehungen auf die unmittelbare Gegenwart treten hier zum
Greifen deutlich hervor: Die Dichter Dunkel und Reimreich
bewerben sich um Henriette, die Tochter des reichen Kauf-
manns Schwindel. In Dunkels Person ist ein Anhänger Bodmers und der Seraphiker, in der Person Reimreichs ein
Gottschedianer persiflirt.[1] Der Vater begünstigt den Gottschedianer, die Mutter ist von Bodmer eingenommen. Sie
haben dem „Reuthsekretär" Palmer schon früher ihre Tochter
zugesagt, doch über die neuen Bewerber vergessen sie das
gegebene Wort. Der Diener Palmers spielt eine dem Peter
in den „Geistlichen" sehr ähnliche Rolle. Die Entscheidung
erfolgt schliesslich in der Weise, dass Palmer sich aufs Verse-
machen in Dunkels und Reimreichs Manier legt, wodurch er
sowohl den Vater als auch die Mutter für sich gewinnt.

Zwischen den „Geistlichen auf dem Lande" und der
nächsten grösseren dramatischen Produktion Krügers schei-

---

[1] In seiner Selbstbiographie sagt Weisse (S. 25), dass er neben
den Gottschedianern und den elenden Nachahmern Bodmers auch
die Klopstocks habe treffen wollen.

nen mehrere Jahren zu liegen, während deren er wohl besonders Übersetzungen und Vorspiele verfasst hat. Es lässt sich nicht feststellen, welches Lustspiel zunächst entstanden ist, ob „d e r   b l i n d e   E h e m a n n", oder „d i e   C a n d i d a t e n." In Löwens Ausgabe von Krügers Schriften steht der „blinde Ehemann" an erster Stelle unter den Lustspielen mit dem Vermerk, dass er zuerst am 8. Juli 1747 in Hamburg aufgeführt worden sei. Diese Angabe ist falsch. Der 8. Juli fiel in jenem Jahr auf einen Sonnabend, an dem damals überhaupt nicht gespielt wurde. Überhaupt ist, wie die vollständig vorhandenen Theaterzettel Schönemanns auf der Hamburger Stadtbibliothek beweisen, der „blinde Ehemann" 1747 in Hamburg nicht gegeben worden. Gedruckt ist dies Lustspiel zuerst[1] im 5. Bd. der Schönemannschen Schaubühne 1751. Nicht unerwähnt bleiben darf folgende Angabe in Schmids Chronologie des deutschen Theaters:[2] „Krüger gab den zweiten Theil seines Marivaux heraus. Doch noch merkwürdiger ist sein „blinder Ehemann," ein Lustspiel in 3 Aufzügen, welches in diesem Jahr (1749) ausgearbeitet, dann in der Schönemannschen Schaubühne gedruckt, aber erst 1757[3] von der Schönemannschen Gesellschaft aufgeführt worden, nachdem es vorher schon fast alle deutschen Truppen gespielt hatten." Unbedingten Glauben braucht man diesen Angaben nicht zu schenken. Aus dem Jahre 1750 berichtet dieselbe Chronologie: „Koch in Leipzig konnte fast nur Stücke in italienischem Geschmack geben. Doch kam noch 1750 unter andern der blinde Ehemann auf die Bühne."

---

[1] Auf den Theaterzetteln ist häufig vermerkt, dass das aufzuführende Stück gedruckt zu bekommen ist. Ein Sammelband der Hamburger Stadtbibliothek (SCa Vol. VII) enthält Einzeldrucke des „Teufels ein Bärenhäuter," der „Candidaten" und des „Herzogs Michel." Sie stimmen bis auf ganz geringfügige Änderungen mit der Fassung in Löwens Ausgabe überein, sind sämtlich sine autore l. et a. erschienen, und ich vermute, dass wir hier erste Drucke vor uns haben.

[2] S. 142.

[3] In seinem Nekrolog dagegen giebt Schmid 1751 an (I, 272).

Der Inhalt dieses Feenmärchens ist folgender: Die Fee
Oglyvia, „die Fey der Elemente, und die Beschützerinn des
jungfräulichen Wohlstandes," ist von ihrem Gatten, dem einzigen Sterblichen, den sie liebte, betrogen worden. Er hat
ihr die Treue nicht bewahrt, sondern mit Orlane den Astrobal gezeugt, nachdem seiner Ehe mit Oglyvia der Prinz ent-
sprossen war. Aus Rache hat dann Oglyvia über das Kind,
noch ehe es geboren, Blindheit verhängt. „Allein," so erzählt
sie selbst, „dieses ist das ewige Gesetz des Verhängnisses
über uns; so bald wir die Macht, die es uns Unsterblichen
gegeben hat, zu einer niederträchtigen Rache misbrauchen,
so verwandeln sich unsere Reizungen, mit welchen wir un-
umschränkt über die Sterblichen herrschen, in die abscheulichsten Züge und die Bosheit stösst uns aus der Gesellschaft
der Göttinnen zu den Furien hinunter." Als die Fee in
dem Tempel des Schicksals reuevoll um Aufhebung des
Fluches und Zurückerstattung ihrer Schönheit gebeten hat,
ist ihr die Antwort zu teil geworden: „Wenn das Unglück
deines Sohnes den Astrobal zum glückseligsten Ehemanne gemacht haben wird, so wird deine Hässlichkeit von deinem
Gesichte fallen, wie der Schnee vor dem Sonnenstrahle zer-
schmilzt." Der Sohn der Fee, der Prinz, ist Beherrscher
einer einsamen Insel.[1]) Sein Unglück besteht nun darin, dass
er Laura, die Frau des blinden Astrobal, liebt, jedoch keine
Erhörung findet. Marottin, der Abgesandte der Fee, treibt
den Prinzen auf ihren Befehl zu immer erneutem Liebeswerben an, ja, um dessen Worten noch mehr Nachdruck zu
geben, erscheint sie selbst, doch die Tugend Lauras triumphiert,
und so ist Astrobal der glückseligste Ehemann. Die Fee
Oglyvia erhält ihre frühere Schönheit wieder und Astrobal
wird sehend. Laura wird zur Belohnung ihrer Beständigkeit
zur Fee der Erde und zur Beschützerin der verleumdeten
Tugend gemacht. Im Gegensatz zu der tugendhaften Laura
steht ihre Schwester Florine, die mit ihrem Manne Crispin,

---

[1]) Auch Marivaux verlegt den Schauplatz wiederholt auf eine
Insel.

dem Stallmeister des Prinzen, und Marottin, dem sich stumm
stellenden Kammerdiener des Prinzen, ihrem Geliebten, für den
komischen Teil dieses sogenannten Lustspiels aufzukommen hat.

Den Stoff zu dem „blinden Ehemann" hat Krüger höchstwahrscheinlich aus einer Erzählung geschöpft, welche schildert,
wie ein blinder Mann durch das Thun seines Weibes sehend
wird. Allerdings ist ein grosser Unterschied zwischen dieser
Erzählung und der Fabel des „blinden Ehemanns" zu be-
merken. Bei Krüger sehen wir eine tugendhafte Frau, deren
treue Liebe dem Werben des Verführers erfolgreich wider-
steht, und die so ihrem Mann wieder zu seinem Augenlicht
verhilft. In der Quelle dagegen wird der Mann wieder sehend,
damit er Zeuge der Untreue seines Weibes sein kann. Dennoch
dürfte kaum ein Zweifel obwalten, dass diese Erzählung
Krügers Vorlage ist.

Der Stoff von dem „blinden Mann und seiner Frau" hat
recht zahlreiche Bearbeitungen gefunden, deren älteste, soweit
bekannt, in den Fabeln des Adolphus (1315) zu finden ist.
Sie ist wohl Chaucer das Vorbild für „Marchantes Tale"
in den Canterbury-Erzählungen gewesen. Ein Mann ist blind
geworden, seine Frau möchte einem andern ihre Gunst gönnen.
Ihr Geliebter soll auf einen grossen Birnbaum im Garten
steigen. Als dann die Frau mit ihrem Mann in den Garten
kommt, äussert sie Verlangen nach den schönen Früchten
und erklettert, unterstützt von ihrem Mann, auf dessen Rücken
sie tritt, den Baum. In diesem Augenblick giebt Pluto,.der
mit Proserpina zusicht, dem Mann das Augenlicht wieder,
doch findet die treulose Frau, wie Proserpina vorausgesagt
hatte, schnell eine Ausrede.

> I have you holpen on both your eyen blinde,
> Up peril of my soule, I shal nat lien,
> As me was taught to helpen with your eyen,
> Was nothing better for to make you see,
> Than strogle with a man upon a tree:
> God wod, I did it in ful good entent.

Nach Chaucer dichtete Pope seine Erzählung „January
and May." Im Chaucerjahrbuch (2. series 7 S. 177) sind

fünf Versionen desselben Stoffes mitgeteilt. Desgleichen enthalten „Le Novelle antiche dei codici Panciatichiano Palatino etc." ed. Biagi, Firenze 1880 auf S. 199 eine Fassung derselben Geschichte, die sich mit Chaucers Wiedergabe deckt, nur stehen an Stelle Plutos und Proserpinas Gott und Petrus. Das aber haben alle Versionen gemeinsam: immer ist es ein Birnbaum, auf welchem sich die Frau und ihr Geliebter treffen. Verwandt mit den aufgeführten Erzählungen ist die 9. Geschichte des 7. Tages in Boccaccios Decamerone und Lafontaines Conte „La Gageure des trois Commères."

Diese Geschichte, welche in der Literatur fremder Völker sehr häufig behandelt worden ist, war auch in Deutschland nicht unbekannt. In Bernhart Hertzogs Schwanksammlung „Schiltwacht" (zuerst 1560 erschienen) steht auf Blatt Mva eine Erzählung „Von einem blinden Mann und seinem Weibe," worin ohne jede weitere Ausschmückung die Handlung kurz wiedergegeben wird.[1]) Der blinde Mann sitzt mit seiner Frau im Garten, wo ein „grosser lustiger Birnbaum" steht, die Frau bittet auf den Baum steigen zu dürfen, damit sie die Birnen kosten könne. Ein Jüngling aber war schon vorher hinaufgestiegen, „und theten beyde mit fleiss die Dienste Veneris vollbringen." Der Mann, der den Baum umklammert hatte, damit niemand seinem Weibe nahen könne, merkt den Betrug und fleht Jupiter an, er möge ihm sein Augenlicht wieder schenken. Seine Bitte wird erhört, die Frau macht dann dieselbe Ausrede wie in „the Marchantes Tale".

Diese Erzählung Bernhart Hertzogs wurde 1588 von Joachim Glockenthon in Verse gebracht. Der übereinstimmende Gang der Handlung und die zum Teil identischen Ausdrücke beweisen, dass Hertzog die Vorlage für Glockenthon gewesen ist. Das Gedicht steht in einer Dresdener Handschrift, M 5, S. 349—350; ich lasse es hier folgen:

---

[1]) Ich verdanke den Hinweis auf diese Erzählung und auf das weiter unten folgende Gedicht Glockenthons der grossen Freundlichkeit des Herrn Dr. Joh. Bolte in Berlin.

Der blind man mit dem schönen weib.
In der gesang weis Römers.
1588, 8 juni. Joachim Glockenthon.

1.

Ein blinder mann der hete gar ein schönes weib,
Die het er lieb, besorget ires stoltzen leib,
Darum det er sie gar fleissig verwarten;
Idoch war der frauen gemüt von im gar weit.
5 Nicht lang hernach begabe es sich auf ein zeit,
Das sie eins tag spatzierten in ein garten.
Das weib saget zu irem man:
,Wie steht hierinn so gar ein schöner baume
Und hencken so schon biren dran!
10 Ich sahe den baum zu nachte im traume.'
Er sprach: 'steig hinauf so du wilt!
Thu nach deinem lust bieren genug brechen,
Auf das dein lust werde gestilt!'
Das ward ganz wol zu muth der argen frechen,
15 Vnd stig auff disem baum fürwar.
Der blind man det vmb fangen
Denn baum mit seinen armen zwar,
Das ganz vnd gar
Keiner steigen solt zu ir dar.
20 Er wartet mit verlangen.

2.

Doch het sie einen vor beschiden auf denn baum;
Zu dem sie stig, er erwartet irer mit raum,
Empfing sie vnd thet sich wol an sie reiben
Vnd bauet das rauche erterich Veneris,
25 Mit seiner schaufel gar dief grube er gewis.
Sie weret sich, wolt gwalt mit gwalt verdreiben.
Das merckte vnden am baum der blind,
Weil er sich von irem werck thet erschüten.
Er sprach mit lauter stim geschwind:
30 ,Ich vermeinet deiner gar wol zu hüten,
So ist bei dir ein ehbrecher,

O du vil böses vnd schentliches weibe.
Ich klag es dem got Jupiter
Vnd bitt in, das er mein blindheit vertreibe,
35 Auf das ich den buler seh fein.'
Von stund an thet er sehen,
Hub auf seine augen alein
Vnd sahe sein
Weib bei einem jüngeling gmein —
40 Bald det sie zu im jehen:

3.

,Mein mann, hör mich vnd seie aler sorgen frei!
Du weist, das ich grosses gelt gab für artzenei,
Das doch nicht half. Ich bat die göter eben,
   Das sie dir wider geben solten dein gesicht.
45 Do erschin mir der got Mercurius vnd spricht:
Thu alhie nach meinen worten darneben
   Vnd verbringe on ale scham
Die werck der götin Veneris so gute
Mit einem jüngeling mit nam!
50 So wirt dein mann widerum wolgemutte
Gesehend klar, lauter vnd rein.
Weliches ich gar willig det verbringen.
Darvon hastu das gesicht dein
Widerum bekumen (merck aller dingen)
55 Darum danck denn göteren ser
Für alle güt vnd gunste!'
Also stillet sie in nun mer,
Darauss so ler,
Wenn ein weib nit bedencht [?] ir e[r],
60 So ist die hut vmbsunste.

Eine jüngere Bearbeitung des blinden Mannes und seiner
Frau, die sich jedoch nicht auf deutsches Vorbild stützt[1]), ist
die bekannte Episode von Gangolf und Rosette im 6. Gesang
von Wielands Oberon.

---

[1]) Vgl. M. Koch, das Quellenverhältnis von Wielands Oberon,
Marb. 1880 S. 55 ff.

Wie hat nun Krüger den Stoff für sein Lustspiel umgestaltet? Zunächst lag der Gedanke nahe, eine höhere Macht in das Stück einzuführen, da dem blinden Mann nur durch Hülfe einer solchen das Augenlicht plötzlich wiedergegeben werden konnte. Was war nun natürlicher als nach dem Vorbild der zahlreichen französischen Feenmärchen und Dramen eine Fee in den Rahmen des Lustspiels aufzunehmen? Alsdann war es nötig, die Handlung, die für ein ausgedehnteres Drama zu einfach war, zu erweitern. Anstatt eines Paares treten ihrer zwei auf. Einmal sehen wir eine schlimme, leichtfertige Frau, Florine, die ihren Mann Krispin hintergeht; in erfreulichem Gegensatze zu ihr steht die tugendhafte Laura, deren Standhaftigkeit und Liebe zu Astrobal belohnt wird, indem die Fee diesen von seiner Blindheit befreit.

Die Einwirkung der Franzosen beschränkt sich nicht auf Benutzung des Feenmotivs, auch Krispin ist von ihnen herübergenommen. Wenn ferner im letzten Auftritt des 1. Akts Marottin mit Florine in Gegenwart ihres Mannes liebkost, ohne dass dieser es gewahr wird, so weckt das die Erinnerung an eine ganz gleich angelegte Szene in Molières „George Dandin" (II, 9).

Der Birnbaum, der, worauf schon verwiesen wurde, in allen Versionen des Stoffes wiederkehrt, fehlt auch bei Krüger nicht. Im 7. Auftritt des 1. Akts fordert Krispin, der nicht will, dass Florine allein im Garten ist, seine Frau auf, nach Hause zu gehen. Darauf erwidert sie: „Ich will nicht mehr lange hier bleiben. Ich warte nur noch auf etwas. Da oben auf dem grossen Birnbaum habe ich eben einer artigen Begebenheit mit zwey Vögelchen zugesehen, und ich bin neugierig das Ende abzuwarten."[1]

Die zeitgenössische Kritik hebt einstimmig hervor, dass

---

[1] Im Augenblick der Drucklegung erfahre ich durch Herrn J. Bolte, dass Varnhagen in der Anglia 7, Anzeiger S. 155 Ursprung und Verbreitung obigen Stoffes in der Weltliteratur untersucht hat. Meine Ausführungen über Krügers Lustspiel werden dadurch nicht berührt. Hertzogs wie Glockenthons Bearbeitungen sind V. nicht bekannt.

hier zum ersten Mal ein Feenmärchen dramatisch behandelt
worden ist, und ferner wird betont, dass zum ersten Mal in
einem deutschen Original der Krispin auf der Bühne vorkommt.
Indessen erscheint Krispin, der in zahlreichen französischen
Komödien und deutschen Nachahmungen[1]) Träger der Handlung ist, bei Krüger in einer ganz anderen Rolle. In den
französischen Lustspielen ist er immer die komische Person,
gewöhnlich ein unverschämter Bedienter, der die Intrigue ein-
fädelt und ausführt. In dem „blinden Ehemann" ist von dem
Typus nichts erhalten, nur der Name ist geblieben. Hier
spielt er lediglich die komische Figur des Ehemanns, dem von
seiner Frau Hörner aufgesetzt werden, und der in den
moralisirenden Ton des Ganzen Heiterkeit und Abwechslung
bringt.

Wie der Krispintypus geschaffen worden ist, erfahren
wir aus einem „Schreiben" aus dem Jahre 1770[2]), worin die
Vorstellungen der Wäserschen Schauspielgesellschaft ungünstig
beurteilt werden.

„Den 6. Januar (1770) sah ich den so oft gesehenen
blinden Ehemann. Sie als der Herausgeber von Krügers
Schriften sollen Richter seyn, ob die Feerey nicht zu viel
Unwahrscheinlichkeit in die Handlung gebracht hat. — — —
Bey Gelegenheit dieses Stücks möchte ich wohl ihre Gedanken von dem Krispine wissen. Ist es nicht besonders,
dass dieser gerade die einzige characteristische Person ist,
die wir noch auf unsern Bühnen dulden, da sie doch weit
fremder und seltner als Harlekin ist? Krispin war Anfangs
wie Frontin, Trufaldin, Geront, Leander, Valer, Isabelle, Pas-

---

[1]) Z. B. Lesage, Crispin rival de son maitre 1707; Hauteroche,
Crispin médecin; Romanus, Crispin als Vater 1756.

[2]) „Über die Leipziger Bühne an Herrn J. F. Löwen zu Rostock.
Dresden 1770", unterzeichnet „Siegmund von Schweigerhausen";
dahinter birgt sich der bekannte Literarhistoriker C. H. Schmid, wie
ein „Sendschreiben an den Herrn Professor Schmid in Giessen"
(1. Nummer der „Logen", Berlin und Leipzig 1772) beweist. Es wird
ihm darin u. a. vorgehalten, dass er der Herr von Schweigerhausen
sei, der zuerst für, später aber gegen die Wäsersche Gesellschaft
geschrieben habe.

quin, Angelika ein blosser Theatername. Der Schauspieler
Remond Poisson, der im Jahre 1690 starb, erhub ihn zuerst
zu einer characteristischen Karrikatur. Er dachte sich eigentlich einen Stallmeister[1]) darunter, daher sein plumpes Wesen,
die grossen Handschuhe, der ungeheure Stossdegen u. s. f.
Doch gab er ihm zugleich das drolligte seines Stiefbruders
des Scapin, und daher auch den schwarzen Scapinshabit.
Sehr lustig wuste der Erfinder, bey dieser Gelegenheit zwey
seiner Naturfehler zu wesentlichen Stücken dieses Characters
zu machen. Weil Poisson keine Waden hatte, so spielte er
in Stiefeletten, weil er von Natur stammelte, so stammeln
noch jetzt alle französischen Krispine. Wie muss Krispin gespielt werden? Wie eine Art von Sancho. Wie ward er
diesmal gespielt? Davon schweige ich gern." (S. 60.)

Hiermit deckt sich zum Teil, was Flögel-Ebeling über
den Typus des Krispin in der Geschichte des Groteskkomi-
schen sagt. In der Bibliothek der schönen Wissenschaften,
wo Löwens Ausgabe von Krügers Schriften angezeigt wurde,[2])
heisst es über den „blinden Ehemann": „Wenn hin und
wieder die Stellungen nicht wahrscheinlich genug eingeleitet
oder einige Scenen nicht lebhaft genug dialogirt sind, (wir
wollen von dem Unwahrscheinlichen, das in der Fabel liegt,
nicht reden) so muss man sich allezeit erinnern, dass dieses
die ersten Versuche des Dichters gewesen."

Diesem Lustspiel Krügers wurde, wie auch den „Candidaten" und dem „Teufel ein Bärenhäuter", die Ehre einer
Bearbeitung zu Teil. J. F. Jünger machte 1784, also etwa
35 Jahre, nachdem es verfasst war, eine Operette daraus.[3])
Der Bearbeiter musste natürlich für seinen Zweck erhebliche
Kürzungen vornehmen, doch wird die Handlung dadurch nicht
berührt, und wir müssen ihm das Zeugnis ausstellen, dass er
die Umschmelzung mit anerkennenswertem Geschick vorge-

---

[1]) In der That ist im „blinden Ehemann" Krispin Stallmeister
des Prinzen.

[2]) Lpz. 1763. im 2. Stück des 10. Bds. S. 240.

[3]) Der blinde Ehemann. Operette in zwey Aufzügen nach J. C.
Krüger. Von J. F. Jünger. Berlin bey Friedrich Maurer 1784. 76 S. 8°.

nommen hat. Die Personen führen dieselben Namen wie bei
Krüger, nur der Prinz und Astrobal heissen jetzt Astolfo
und Alfonso. Vielleicht soll durch die Ähnlichkeit der Namen
auf die Verwandtschaft beider hingedeutet werden. Merkwürdigerweise nimmt der zum Singen bestimmte Teil nur geringen Raum ein. Aus dem sehr seltenen Textbuch[1]) scheinen
mir einige Einlagen der Mitteilung nicht unwert zu sein.

Im zweiten Auftritt des 1. Akts besingt der Prinz die
Schönheit Lauras:

Mehr, als der Rose Purpur, stralt
Die Röthe ihrer Wangen;
In ihrem schwarzen Auge malt
Sich zärtliches Verlangen:
Ihr Wuchs, Ihr Lächeln, Ihr Gesicht
Würd' eine Göttin zieren. —
O glückt' es mir ihr Herz zu rühren!
Doch ach! — sie liebt mich nicht!

Als der Prinz Laura seine Liebe gesteht, singt sie ihm
mahnend zu (I, 3):

Kehre wieder! Deinem Herzen
War bisher das Laster fremd.
Ach! ihm folgen bange Schmerzen,
Die nicht Zeit noch Reue hemmt!
Wenn vom Kreise schöner Seelen
Eine ja vom Pfade wich,
Kann sie doch nicht lange fehlen:
Bald ermannt die Tugend sich.

Das Finale des ersten Akts spielt sich zwischen Florine,
Krispin und Marottin ab. Florine giebt vor, zwei Vögel zu
sehen, die sich auf einem Bau trotz der Gegenwart eines
dritten ungestört schnäbeln. Während Krispin sie zu entdecken bestrebt ist, küssen sich Florine und Marottin.

Krispin: Frau, ich seh mein Seele nichts!
Florine: Ist ein Fehler des Gesichts!

---

[1]) Ein Exemplar in der Bibliothek des British Museum.

Krispin: Und der Mann
    Was fängt der an?
Florine : Dem fällt gar kein Argwohn ein!
Krispin: Ey das muss ein Esel sein!

Mit folgenden Versen warnt Krispin den blinden Ehemann vor den Frauen (II. 4):

Leichter ists, das Meer ergründen,
Und den Stein der Weisen finden,
Als die Pfiffe zu entdecken,
Die in Weiberköpfen stecken!
Unschuld prangt auf Stirn und Backen,
Doch der Schelm sitzt in dem Nacken,
Und wer ihren Worten traut,
Hat auf lockern Sand gebaut.

Der 1757 geborene Komponist J. C. Kaffka hat eine Operette „Der blinde Ehemann" komponirt. Ob sie erhalten, habe ich nicht ausfindig machen können, doch unterliegt es kaum irgend welchem Zweifel, dass er den Jüngerschen Text seiner Musik untergelegt hat. Auch steht wohl nicht fest, wann Kaffka seine Komposition angefertigt hat. Dass der Text 1784 noch nicht komponirt war, scheint folgende Anzeige von Jüngers Bearbeitung zu erweisen, die im 8. Bd. des „Allgemeinen Verzeichnisses neuer Bücher mit kurzen Anmerkungen", Leipzig 1784, zu finden ist: „Ob dieses Stück, als Operette, eine wahre Acquisition für unsre lyrische Bühne seyn wird, steht zu erwarten. Uns dünkt der Dialog zu weitschweifig, und oft das Feld für den Componisten nicht angemessen genug. Die Finales scheinen nach den Italiänern eingerichtet zu seyn, die freylich uns die besten Muster, in Hinsicht der musikalischen Wirkung geben können. Indes wird man auch an diesem kleinen Stücke Hrn. Jüngers Vorzüge nicht vermissen, die hauptsächlich in einem natürlichen, oft angenehmen, witzigen Dialog, und bey den Versen in einer glücklichen Versification bestehen".

Das bedeutendste und weitaus interessanteste Werk Krügers ist sein Lustspiel „Die Candidaten oder die Mittel

zu einem Amte zu gelangen, in fünf Handlungen." Durch
die Hamburger Theaterzettel Schönemanns sind wir im Stande,
Tag und Jahr der ersten Aufführung dieses Lustspiels genau
zu bestimmen. Löwens Angabe „den 8. Februar 1748, in
Braunschweig zum erstenmal aufgeführt", wird dadurch ebenso
wie beim „blinden Ehemann" hinfällig. Am 21. Juli 1747
verabschiedete sich Schönemann von dem Hamburger Publikum
und führte „zum Abschiede das aus dem Französischen des
Herrn von Voltaire übersetzte Trauerspiel Mahomed" auf.
Auf dem Theaterzettel heisst es dann weiter:

Hierauf folget eine Abschiedsrede. Den Beschluß macht ein
hier neu verfertigtes Lustspiel von dreyen Handlungen.

Die Candidaten.

Perſonen:

Der Graf, ein Patron der Candidaten.
Die Gräfinn.
Valere, ein Fähndrich.
Chryſander, ein Licentiat.
Herrmann, des Grafen Secretair. } zwey Candidaten.
Chriſtinchen, Chryſanders Braut.
Caroline, der Gräfinn Kammerjungfer.
Johann, des Fähnrichs Diener.
Einige Bediente des Grafen.
Der Schauplatz iſt in des Grafen Pallaſt.

NB. Wegen Länge beyder Stücke wird heute mit dem Glockenſchlage
fünfe angefangen werden.

Freytags, den 21. Julii, 1747.

H. Devrient sagt in seiner Monographie Schönemanns,
(S. 135) dass dies Stück nicht mit Krügers gleichnamigem
Lustspiel verwechselt werden dürfe. Nach dem mitgeteilten
Theaterzettel unterliegt es aber keinem Zweifel, dass das
am 21. Juli 1747 aufgeführte Lustspiel mit dem Krügerschen
identisch ist. Auffallend ist allerdings zweierlei. In dem
Personenverzeichnis des Zettels ist Arnold, der Hofmeister bei
den Söhnen des Grafen, nicht angeführt, und statt des einen
Lakaien Valentin bei Löwen erscheinen „Einige Bedienten
des Grafen". Ferner bemerkt der Zettel „ein Lustspiel von
dreyen Handlungen", während in der Ausgabe von 1763 deren

fünf stehen. Ausschlaggebend sind diese unbedeutenden Ver-
schiedenheiten jedoch nicht. Es sind nichts als Versehen, die
sich leicht einschleichen konnten. Jeder Zweifel an der Identität
der beiden Stücke muss schwinden, wenn der S. 21 erwähnte
Sammelband wirklich den ersten Druck der drei dort genannten
Lustspiele enthält, wo von ich durchaus überzeugt bin.
Der Graf hat eine Ratsherrnstelle zu vergeben. Um
diese bewirbt sich in erster Linie sein „Secretair" Hermann,
der ihm schon Jahre lang treu gedient hat. Der Graf ver-
spricht ihm denn auch fest, dass er allen Bewerbern vorgezogen werden soll. Hermann ist verlobt mit Caroline, der
Kammerjungfer der Gräfin. Er hat es sich zum Grundsatz
gemacht, immer die Wahrheit zu sagen, immer aufrichtig
zu sein und niemandem, um etwa dadurch eine Gunst zu
erlangen, zu schmeicheln. Natürlich will er, dass diese
Grundsätze auch von seiner Verlobten befolgt werden, und
deshalb geraten beide oft in Streit. Für Hermann ersteht
ein Nebenbuhler in der Person Arnolds, des Hofmeisters der
jungen Grafen. Er bewirbt sich ebenfalls um Carolinens
Hand, aber nicht aus Liebe, sondern nur um die unsittlichen
Absichten, die der Graf mit Caroline hat, zu unterstützen.
Natürlich schwärzt der Hofmeister Hermann bei dem Grafen
an, der denn auch einsieht, dass seine Lust nach Caroline
nicht befriedigt werden wird, wenn sie erst Hermanns Frau
ist. Dieser soll nun empfinden, dass der Graf ein Mann ist,
„der zwar die Gnade hat, viel zu versprechen, aber auch die
Gewalt besitzt, wenig zu erfüllen".
Ein zweiter Bewerber um die Rathsherrnstelle ist der
Licentiat Chrysander, der mit Fräulein Christinchen, einer
Person von höchst zweifelhaftem Rufe, verlobt ist. Dieser
Candidat zeigt sich mit den Talenten, die ihm der Himmel
gegeben, sehr zufrieden. „Er hat mir," so sagt er, „reiche
Aeltern verliehen, ich kann vortrefflich schlafen, das Essen
schmecket mir ungemein, und ich habe den Fehler nicht, dass
ich mich über eine Sache leicht ärgere." Nur ein besseres
Gedächtnis möchte er haben. Die Licentiatenwürde hat ihm
ein armer Vetter, dessen Aufenthalt auf der Universität von

Chrysanders Mutter bestritten worden ist, verschafft, indem
er die Disputation für ihn verfertigte. In nicht sehr glaub-
würdiger Weise wird seine Bewerbung um die Stelle motivirt.
Seine Renten belaufen sich auf 1200 Rthlr., mit denen er
ein ziemlich bequemes Leben führen kann, doch seiner Braut
genügt der Licentiatentitel nicht, und ausserdem könnte er
mit den 600 Rthlrn., welche die Stelle einbringt, zwei Pferde
mehr halten. Als er dem Grafen sein Bewerbungsgesuch
vorträgt, wird er wegen seiner grossen Ignoranz zunächst
abgewiesen. Doch eine kostbare Börse mit Dukaten stimmt
den Grafen günstiger, und als dieser gar hört, dass die Verlobte des Licentiaten ein schönes, munteres und witziges
Frauenzimmer sei, macht er ihm grosse Hoffnung auf die Stelle.
Fräulein Christinchen soll noch an demselben Tage, aber allein,
zu dem Grafen kommen, damit es sie kennen lernt.

Noch ein dritter Candidat findet sich. Es ist der „Fähndrich" Valer. Dessen bejahrter Oberst ist von der Gräfin,
als er einmal in gleichem Alter mit ihr zu sein behauptet
hatte, in einer Gesellschaft lächerlich gemacht worden. Der
Oberst beschliesst sich zu rächen. „Es ist bekannt von ihr
(der Gräfin nämlich), dass sie der Kanal ist, durch welchen
die Candidaten, die sich um Gerichtsbedienungen bewerben, am
glücklichsten zu ihrem Zwecke gelangen, wenn sie sich desselben klug zu bedienen wissen. Ihre Schönheit hat schon
seit einigen Jahren die Kraft verloren, in den Herzen der
Männer zu wirken; darum musste sie die Gewalt zu Hülfe
nehmen, die ihr ihr Gemahl überlässt, jungen Leuten die
Aemter für Schmeicheleyen und Liebkosungen zu verkaufen."
So soll denn der Valer bei der Gräfin die Rolle eines „seuf-
zenden Schulfuchses" spielen, die Stelle zu bekommen suchen
und die Gräfin dann durch die Enthüllung seines wahren
Standes blamiren.

Wie schon gesagt, hat es der Graf auf Caroline abgesehen, doch sie bleibt gegen sein Liebeswerben unempfindlich.
Selbst ein vom Hofmeister im Einverständnis mit dem Grafen
gefälschter Liebesbrief, den eine gewisse Wilhelmine an Hermann
geschrieben hätte, kann die Liebenden nicht entzweien, und

der Betrug wird alsbald entdeckt. Besseren Erfolg hat der Graf bei Christinchen. Beider Zusammenkunft wird von Chrysander, dem doch die Treue seiner Christine verdächtig geworden ist, und der sich hinter einer spanischen Wand verborgen hat, belauscht. Christinchen enthüllt sich in der That als ein gemeines Frauenzimmer, das schon mit vielen Männern Umgang gehabt und sich mit dem Licentiaten nur versprochen hat, um ihn „desto nachdrücklicher schröpfen" zu können. Sie will gar nicht, dass er die Stelle bekommt, denn alsdann müsste sie ihn heiraten. Ihr Jawort hatte sie ihm aber nur gegeben in der sichern Erwartung, dass niemand „einen solchen Schöps zum Rathsherrn machen" würde.

Als der Licentiat diese Entdeckung gemacht hat, giebt er jede Absicht auf die Stelle auf, und der Graf erklärt sich nun endlich bereit, diese Hermann zu übertragen. Doch jetzt kommt die Gräfin dazwischen und verlangt sie für Valer. Der Graf weigert sich zuerst, wird aber durch Drohungen seitens der Gräfin eingeschüchtert. Valer wird die Stelle bekommen, und Hermann soll gar die Anstellungsurkunde ausfertigen. Jetzt giebt Valer seinen Stand und seine Absichten zu erkennen und entdeckt sich als den Fähnrich von Wirbelbach, den Vetter von Hermanns Braut, der er gleichzeitig ihre Güter, die seinem Vater mit Unrecht zugefallen waren, zurückerstattet. Da Hermann vernimmt, dass seine Verlobte adlig und reich ist, will er ihr ihr Wort zurückgeben, doch sie entscheidet: „Ihr Herz ist mehr, als Adel und Reichtum".

Ich habe es für erforderlich gehalten, den Inhalt dieses Lustspiels ausführlich wiederzugeben, weil ich es für eins der interessantesten und bedeutungsvollsten Stücke seiner Art und seiner Zeit halte. Einen Hauptunterschied zwischen ihm und den gleichzeitigen Komödien zeigt schon die Wahl des Stoffes. Mit kecker Hand greift Krüger in das Leben hinein, aus ihm schöpft er den Vorwurf für sein Drama. Wenn man von den derben Schilderungen lokaler Sitten, wie dem Borkensteinschen Bookesbeutel oder dem Dresdener Schlendrian, absieht, wird man kaum ein gleichzeitiges dramatisches Erzeugnis

3 *

finden, in dem der Stoff besser gewählt wäre oder die Sitten
der Zeit trefflicher geschildert, die gesellschaftlichen Missstände und die moralische Verderbtheit schärfer gegeisselt
wären als in Krügers Werk. Merkwürdigerweise ist die Bedeutung der „Candidaten" bis jetzt erst von einem Ausländer,
und zwar einem Franzosen gewürdigt worden,[1] dessen Darstellung im Folgenden benutzt worden ist. Ehrhard erklärt die
„Candidaten" geradezu für eine Umarbeitung der „Geistlichen
auf dem Lande", womit er jedoch etwas zu weit geht. „Plus
tard il refit son travail (i. e. die Geistlichen), en modéra le ton, lui
donna des proportions à la fois plus étendues et plus régulières".
      Ich hatte schon oben gezeigt, wie Krüger in den „Land-
geistlichen" Züge und Erlebnisse aus seinem eignen Leben
verwertet hat. In noch höherem Grad ist dies bei den „Candidaten" der Fall. Plümicke sagt in seiner Theatergeschichte
geradezu:[2] „Sein Lustspiel „die Candidaten", welches noch
die meiste Anlage zum Komischen zeigt, hatte vornemlich die
Absicht, seine bei den verschiedenen Grossen fehlgeschlagenen
Hoffnungen zu rächen." Auch die Chronologie meint,[3] dass
Krüger vergebens in Berlin Beförderung gesucht hätte, weil
es ihm an Gönnern gefehlt habe.
      Hermann ist Krüger in eigner Person. Sein Groll über
die vielfachen Zurückweisungen, die er sich hatte gefallen
lassen müssen, als er sich um Stellen bewarb, ist selbst nach
Jahren nicht gewichen. Es hat sich ihm wohl oft der Gedanke aufgedrängt, wie viel freudevoller sich sein Leben
gestaltet hätte, wenn ihm damals das Geschick günstiger gewesen wäre. Und nun geisselt er mit beissender Satire die
unwürdigen Rivalen, die ihm vorgezogen worden. Ehrhard erinnert an das Wort aus „Le Mariage de Figaro": „Il fallait
un calculateur; ce fut un danseur qui l'obtint." Der Graf
und die Gräfin erinnern lebhaft an Personen, wie sie Brandes
in seiner Autobiographie mit rückhaltloser Offenheit schildert.

---

[1] Les Comédies de Molière en Allemagne par Auguste Ehrhard,
Paris 1888.
[2] S. 191.
[3] S. 104.

Molières Einfluss auf Krüger tritt in den „Candidaten"
am stärksten zu Tage. Nach Ehrhards Ansicht hat der
Verfasser drei Stücke des grossen Franzosen verschmolzen,
nämlich Tartuffe, Misanthrope und Mariage forcé. Das letzte
scheidet wohl besser aus. An diese Komödie werden wir nur
ganz flüchtig in der Scene erinnert, wo der Licentiat die Unter-
redung seiner Braut mit dem Grafen belauscht. Fräulein
Christinchen hat die Heirat mit dem Licentiaten nicht sehr ernst
genommen, sie kommt offenbar auch nicht zu Stande, während
bei Molière Sganarelle mit allen Mitteln zur Heirat gezwungen wird. Ehrhard äussert darüber: „Dorimène, la promise
de Sganarelle, est descendue d'un degré en devenant Mlle.
Christinchen; la coquette s'est faite cocotte." Der Unterschied
zwischen Dorimène und Christinchen ist doch sehr beträchtlich,
und ich halte es für unwahrscheinlich, dass in dieser Beziehung
Molière unseres Dichters Vorbild gewesen ist. Ganz unver-
kennbar dagegen sind die Beziehungen der „Candidaten" zum
Misanthrope und Tartuffe. Schon oben wurde die enge Verwandtschaft zwischen den Landgeistlichen und Tartuffe klar-
gelegt. Auch in den „Candidaten" tritt ein Heuchler in der
Person des Hofmeisters Arnold auf, der hinter der Maske
äusserer Heiligkeit sehr verwerfliche Absichten birgt. Er
ersinnt die schändlichsten Pläne, um den Zwecken des Grafen
zu dienen. Caroline will er zwar heiraten, doch nicht weil
er sie liebt. Wenn sie erst seine Frau ist, wird er dem
Grafen alle Gattenrechte abtreten, vorausgesetzt dass dieser
ihm eine Pfarrstelle giebt und genug Wein liefert. Nach
Ansicht Arnolds „gehöret die Liebe nur für den unwieder-
geborenen Menschen". Er wird „sein Christenthum niemals
so weit vergessen, und seinen Begierden so viel Herrschaft
einräumen, dass er ein Frauenzimmer lieben sollte", dagegen
kann ein „unwiedergeborenes Frauenzimmer den Versuchungen
nicht widerstehen". So werden wir abermals an der Gottschedin „Pietisterey" erinnert.

Arnold und besonders der Licentiat stehen an Unwissenheit hinter Muffel und Tempelstolz nicht zurück. „Seit
einigen Jahren," so klagt Arnold, „will man durchaus Ge-

lehrsamkeit von einem haben, wenn man sein ehrliches Auskommen suchet. Wie viel leichter war es zu meines Vaters Zeiten! Wie wenig brauchete man da zu wissen, als die Welt noch nicht so klug, aber noch frömmer war! Mein Vater seliger hat doch, so wenig er auch gelernt hatte, eine einträgliche Pfarre ohne Widerspruch erhalten. Ich machete mir eine Ehre daraus, in seine Fusstapfen zu treten; allein, mir sollte es fast nicht so gut damit glücken, als ihm. Man verhöhnet mich jetzt überall meiner Unwissenheit wegen." Wie Crysander Licentiat geworden, wurde schon erwähnt; Virgil und Homer sind ihm unbekannt, er hält sie für Professoren. Seine Collegia hat er zu Haus, doch nicht im Kopf. „Sie sind ein Bischen zu gross zum Herumtragen, sie machen vier Quartbände aus." Auf Pferde dagegen versteht er sich.

Tous ses entretiens
Ne sont que de chevaux, d'équipage, et de chiens[1]).

Nach Beziehungen zu M o l i è r e s M i s a n t h r o p e braucht man bei Krüger nicht erst zu suchen, so klar liegen sie vor Augen. Wie Alceste mit Célimène, so hadert Hermann, ein Bild der Redlichkeit, nur nicht so übertrieben wie Molières Held, mit Caroline. „Können mir," so ruft er unmutsvoll aus, „die Leute zumuthen, dass ich etwas anderes, als die Wahrheit, reden soll?" Seine Geliebte dagegen hält es für keine Schande, durch erlaubte Mittel ihre Lage zu verbessern und sich den Thorheiten ihrer Herrschaft, so lange sie der Ehre nicht schaden, anzubequemen. Erzürnt über solche Grundsätze ruft Hermann aus: „Ich schäme mich, ich ärgere mich über mich selbst, dass ich Sie so sehr liebe". Ähnlich sagt Alceste zu Célimène:

Morbleu! faut-il que je vous aime!
Ah! que si de vos mains je rattrape mon cœur,
Je bénirai le ciel de ce rare bonheur!
Je ne le cèle pas, je fais tout mon possible
A rompre de ce cœur l'attachement terrible;

---

[1]) Misanthrope II, 5.

Mais mes plus grands efforts n'ont rien fait jusqu'ici
Et c'est pour mes péchés que je vous aime ainsi[1]).

Célimène ist liebenswürdig und zuvorkommend gegen Acaste
und Clitandre, weil dieser ihr helfen soll einen Prozess zu gewinnen
und jener bei Hofe etwas gilt. So soll auch Hermann auf Carolinens Wunsch von dem Grafen und der Gräfin durch Schmeiche-
leien die Stelle zu bekommen suchen. Wenn er sich schweren
Herzens wirklich einmal dazu versteht, fällt er doch bald aus
der Rolle; oder wenn er auf Befehl der Gräfin die Verdienste
des ihm völlig unbekannten Valer bei dem Grafen heraus-
streicht, erklärt er bald, dass er auf Befehl, nicht aus Über-
zeugung so handelt.

Wiederholt wird der Gegensatz zwischen Adel und Bürger-
tum scharf hervorgehoben. Caroline warnt den Grafen vor
Valer, da die Gräfin an ihm Gefallen finden möchte. Darauf
erwidert der Graf: „Meinethalben! Seitdem ich ihrer über-
drüssig geworden bin, so ist es mir viel lieber, dass sie ihren
Geschmack an andern weidet, als wenn sie mich mit ihrer
Eifersucht plagen, und mich durch die Pflicht der Ehe zu den
Gefälligkeiten zwingen wollte, die ihr meine Neigung gegen
jüngere Schönheiten entwendet." Caroline: „Ich bewundere
Ihre Excellenz; Ihre Gedanken sind sehr edel." Der Graf:
„Ihr habt nicht unrecht; sie sind zum wenigsten meiner vornehmen Geburt und meinem Stande gemäss". Dann beklagt
er sich, dass Caroline ihm gegenüber „ein wenig zu wider-
spänstig, zu bürgerlich, zu gewissenhaft" sei. Sie soll klug
sein und die Gunst ihres Herrn zu geniessen nicht versäumen.
Doch mit beissender Ironie antwortet Caroline: „Ihre Excellenz
halten es meiner wenigen Einsicht zu Gnaden, dass ich an
dieser Glückseligkeit keinen Geschmack finde; ich sowohl, als
Hermann, wir lassen unseren niedrigen Stand niemals aus den
Augen; es ist für uns zu vornehm, so niederträchtig zu seyn.
Was uns an äusserlichem Glücke abgeht, müssen wir uns
durch das Glück einer zärtlichen und tugendhaften Liebe er-
setzen: Leute von Ihrem Stande aber können dieser Wollust

---

[1]) Misanthrope II, 1.

leicht entbehren; denn sie können sich in dem Ueberflusse anderer Güter sättigen."

Valer sagt zu der Gräfin: „Ohngeachtet mich die Ehrfurcht, welche ich als ein Bürgerlicher Ihrem Stande und Ihrer Geburt schuldig bin, im Zaume halten sollte, so reissen mich doch Ihre Annehmlichkeiten aus den Schranken, und machen meine ganze Seele gegen Sie zärtlich, als ob mich die Geburt berechtigte". — — —

Das entlarvte Fräulein Christinchen schreit seinen Bräutigam wütend an: „Vergessen Sie, dass ich von Adel bin, und dass Sie ein elender Licentiat sind? — — Wie besonders ist doch das bürgerliche Geschmeiss!"

Auch auf die Bedienten überträgt sich dieser Standesunterschied. Valentin, der Diener des Grafen, der übrigens etwas Ähnlichkeit mit Jean de France hat, will sich nicht zu vertraulichem Gespräch mit Valers Diener Johann herablassen. „Mein guter Freund," sagt er zu ihm, „ihr seyd nicht bey eures gleichen. Ihr seyd ein Schlingel, und ich heisse Monsieur; das ist der Unterschied."

So ist denn auch die Verbindung des bürgerlichen Hermann mit der adligen Caroline von besonderem Interesse.

Krügers „Candidaten" haben sich einer ausserordentlichen Beliebtheit bei dem theaterfreundlichen Publikum zu erfreuen gehabt, wie durch das weiter unten folgende Repertoire zur Genüge belegt werden wird. Etwa 35 Jahre nach seinem Erscheinen wurde auch dieses Lustspiel durch Christian Jacob Wagenseil einer Bearbeitung unterzogen, die Mylius in seinem „Komischen Theater" veröffentlichte[1]). In der Vorrede rechtfertigt der Herausgeber die Bearbeitung folgendermassen: „So wie der Triumph der guten Frauen das erste Stück unsrer ältern Bühne im feinen Komischen ist, so sind die Candidaten, Krügers vorzüglichstes Stück, es im Niedrigen.

----

[1]) Komisches Theater der Teutschen. Aeltere und mittlere Zeit. Herausgegeben von W. C. S. Mylius. Erster Band, Berlin 1783. Die Sammlung enthält Bearbeitungen von Schlegels Triumph der guten Frauen, Gellerts kranker Frau und Schlegels stummer Schönheit durch Lotich sowie Krügers Candidaten.

Selbst Lessing gesteht dem Verfasser viel Talent für diese
Gattung zu, und hält seinen Verlust für unsere Bühne sehr
wichtig. Sonst that dies Stück auf unsern Theatern immer
viel, seit einiger Zeit sieht man es gar nicht mehr. Blos seine
ermüdende Länge kan daran Schuld sein, und die eben so
ermüdenden edlen und ernsten Karaktere in selbigem. Auch
seine lustigen Szenen ennüyren am Ende wegen ihrer er-
staunenden Gedehntheit, denn Krüger verstand nicht die Kunst
richtig aufzuhören, wie Herr Professor Schmidt sehr richtig
bemerkt (Chronologie des deutschen Theaters, S. 36)."

Dem Herausgeber Mylius war nun bekannt, dass eine
handschriftliche Bearbeitung der „Candidaten" von Wagenseil
existirte, die er von einem Bekannten „für das, was sie ihm
zu stehen kam," erwarb, um, falls es nötig wäre, eine eigene
Bearbeitung zu versuchen. Er fand jedoch, dass Krüger
durch die Wagenseilsche Behandlung „ungemein gewonnen
hatte," „dass die edlen und ernsthaften Karaktere das geworden waren, wozu sie Krüger hatte machen wollen —
warm und rührend," und dass auch „selbst die komischen
Szenen durch Zusammendrängen munterer, unterhaltender als
sonst" waren. Darum gab Mylius seine Absicht auf und
beschränkte sich darauf, „einige karakteristische Szenen und
echtkomische Züge" (nämlich I 7 und 8, II 9, III 9 und 10,
IV 1 und 2, V 1) sowie „noch manchen karakteristischen Zug
und guten Einfall," die er bei Wagenseil vermisste, „von
Krüger wieder zurückzuholen."

Der Vorrede des Herausgebers ist nur wenig nachzutragen.
Das Stück führt jetzt den Titel „Weiberkanäle, die besten
Kanäle" und hat in dem neuen Gewand drei Aufzüge. Die
Namen der auftretenden Personen sind zum Teil geändert
worden. Der Graf heisst nunmehr von Braunsfeld, Arnold
ist in Stukkert und Valer in Steinert umgewandelt. Fräulein Christinchen nennt sich ihrem wirklichen, adligen Stande
entsprechend Fräulein von Sternberg, Valentin, der Bediente
des Grafen, heisst jetzt Friedrich. Die beiden ersten Akte
Krügers sind von dem Bearbeiter in einen Akt zusammen-
gezogen. Dabei hat er besonders die drei ersten Scenen des

1. sowie die letzte Scene des 2. Akts gekürzt und I, 5, 6 nebst II, 1—5 gestrichen. Die Motive sind unverändert geblieben. Sehr drastisch drückt sich Hermann in seinem Monolog aus (I, 12 = II, 11): „Sag mir einer wieder etwas davon, dass treue Dienste belohnet werden, so will ich dem Frazen in's Gesicht spukken, und sagen: Schurke du lügst." Der 2. Akt zählt 17 Auftritte. Die 12 ersten entsprechen den 12 ersten Auftritten des 3. Akts bei Krüger, die dreizehnte kurze Überleitungsscene ist von dem Bearbeiter eingefügt worden, Auftritt 14—17 sind den 3 ersten Auftritten des 4. Akts gleich. Eine Veränderung, die der Bearbeiter vorgenommen hat, interessirt uns. Im Original macht der Graf dem Hofmeister über die Auswahl der Lektüre für seine Söhne Vorhaltungen: „Ich sah, dass der Jüngste in einem Poeten las; ich glaube, das Buch hiess Beyträge zum Verstande des Witzes. Ich will durchaus nicht haben, dass sich meine Kinder mit solchen Schulfüchsereyen abgeben sollen, gebe Er doch ein wenig Acht darauf, dass sie lieber dafür einen guten Roman von Menantes¹) oder Celandern in die Hände nehmen, woraus sie lernen können, wie sie mit den Damen umgehen müssen, damit sie nicht einmal mit Schanden bestehen, wenn sie in die grosse Welt kommen." Zweifellos wollte Krüger, der selbst in der „Sammlung vermischter Schriften von den Verfassern der Bremischen Beyträge" einige Gedichte veröffentlicht hatte, mit dieser Bemerkung die tiefe Bildungsstufe des Grafen kennzeichnen. Bei Wagenseil überrascht der Graf seine Söhne, wie sie das Göttinger . Magazin und die Entdeckung Amerikas von Campe lesen. Statt solcher Bücher sollen sie lieber la Saxe galante oder noch besser einen guten französischen Roman vornehmen.

Die weiteren Auftritte des 4. Akts — Scene 8 und 9 sind beseitigt, — sowie der 5. Akt Krügers bilden in der Umarbeitung den 3. Akt, der zu Bemerkungen keinen Anlass mehr bietet.

¹) Menantes, Pseudonym für Chr. F. Hunold (1680—1721), Verf. u. a. des „Satirischen Romans," in dem er unangenehme Liebesgeschichten Hamburger Persönlichkeiten erzählt.

Noch sind zwei einaktige Lustspiele Krügers übrig.
Das erste, betitelt „D e r T e u f e l e i n B ä r e n h ä u ter",
wurde nach Löwens Angabe, die ich diesmal nicht zu kon-
trollieren vermag, zum ersten Mal den 27. Mai 1748[1]) in
Breslau aufgeführt. Der erste Abdruck findet sich im 2. Bd.
der Schönemannschen Schaubühne, Braunschweig und Leipzig
1748. Es sind keine erfreulichen Verhältnisse und Gestalten,
die uns in diesem Einakter entgegentreten.

Jacob Rabe, der Bruder des Pachters Wilhelm Rabe,
hat als Diener bei reichen Studenten durch alle möglichen
Betrügereien in 4 Jahren 800 Thaler verdient; Wilhelm
hatte es in früheren Jahren, wohl auf dieselbe Weise, nur zu
500 gebracht. Wir vernehmen aus Jacobs Munde, auf welche
Weise er sein Glück gemacht hat, sein Bruder ergeht sich
in Klagen über seine unglückliche Ehe. Hannchen hat ihn
nur widerwillig geheiratet, ihr Herz gehört dem Valentin,
der, um seine Liebe zu vergessen, in den Krieg gezogen
war, jetzt aber nach dreijähriger Abwesenheit zurückgekehrt
ist. Doch hat die gegenseitige Zuneigung beider keine Veränderung erfahren. Will nun Wilhelm Rabe der Freuden der
Ehe teilhaftig werden, so muss er sich schon dazu verstehn,
zum Lohne dafür Valentin häufige Besuche bei Hannchen zu
gestatten, wobei übrigens seine Gattenehre nicht verletzt wird.
Ruthe, der Küster des Dorfes, hat aus Freundschaft für
Wilhelm, wie er vorgiebt, Valentin seine Liebe in Güte aus-
zureden gesucht, doch hätte ihn dieser fast zum Hause hinaus-
geprügelt. Jetzt verfällt Ruthe auf den Gedanken, sich als
Teufel zu verkleiden und in der Dunkelheit Valentin so zu
erschrecken, dass er künftig Rabes Haus meiden wird. Plötzlich findet, allerdings sehr unmotivirt, ein Umschlag in
Hannchens Stimmung gegen ihren Mann statt. Seine Güte
und Bescheidenheit haben endlich ihr Herz erweicht, kurz,
sie fängt an ihn zu lieben. Ihr Mann hat dies Geständnis, welches sie Valentin ablegt, belauscht. Der von Ruthe

---

ausgesprochene Verdacht, Hannchen wäre doch nicht treu geblieben, ist ganz hinfällig geworden, dagegen vernimmt Wilhelm Rabe, dass Ruthe seiner Frau nachstellt und sie zur
Untreue zu verleiten sucht. Der Küster wird darauf von
Valentin, der das Geheimnis der Teufelsverkleidung erfahren
hat, gehörig durchgeprügelt und gebunden auf dem Fuss-
boden liegen gelassen. Bald kommt Ruthes Frau Anna mit
dem Knecht Peter, beide setzen sich auf ihn, den sie in der
Dunkelheit für einen Klotz halten, und er muss mit eignen
Ohren hören, dass ihn sein Knecht zum Hahnrei gemacht hat.
Schliesslich kehrt Valentin mit den andern zurück, Ruthe
bittet Hannchen seine Verleumdung ab.

Während der „blinde Ehemann" und die „Candidaten"
in Prosa geschrieben sind, ist Krüger hier zum Alexandriner
übergegangen, den er übrigens auch immer in den Vorspielen
verwendet hat.

Der „Teufel ein Bärenhäuter" lässt jede Einheit der Handlung und Idee vermissen. Zunächst hat es
den Anschein, dass Jacob Rabe, von dessen Charakter man
die denkbar schlechteste Meinung bekommt, bestimmt ist,
eine Rolle zu spielen. Doch er verschwindet bald, unser
Interesse wird vielmehr für das Verhältnis zwischen Wilhelm
Rabe, seiner Frau und Valentin rege gemacht. Zuletzt
läuft es darauf hinauf, dass der Schulmeister Ruthe, der einem
andren Hörner aufsetzen möchte, aber selbst zum Hahnrei
gemacht wird, Prügel bekommt. Wie sich die Beziehungen
zwischen Hannchen, Wilhelm und Valentin in Zukunft gestalten, das lässt sich bloss vermuten. Ebenso bleibt dahingestellt, was aus Ruthe, seiner Frau und dem Knecht Peter
wird. Geradezu widerwärtig und abstossend wirkt der ge-
meine Ton des Stücks. Jacob forscht nach dem Kummer seines
Bruders, der will aber zuerst mit der Sprache nicht heraus.
Da kommt jener auf die Vermutung, sein Bruder gräme sich
über die Kinderlosigkeit seiner Ehe, und sagt zu ihm:
„Nur eines fehlet ihr? Ha! ich versteh dich schon,
Du bist vier Jahr ein Mann, und hast noch keinen Sohn.
Du giebst ihr vielleicht Schuld = — sey darum unbetrübet!

Vielleicht, dass dir anjetzt der Himmel einen giebet.
Ich bleibe wenigstens zwey Monate noch hier;
Des Himmels Segen kömmt vielleicht durch mich zu dir."

Wie unerquicklich und abstossend sind ferner die Gestalten des Küsters, seiner Frau und ihres Liebhabers. Die Scene, in welcher der gebundene Küster das Gespräch Peters und seiner Frau anhören muss, erinnert sehr an die Scene in den „Candidaten", wo dem Licentiaten die Augen über seine Braut geöffnet werden. Nur treiben es die beiden Schuldigen hier viel schlimmer. Die Frau wünscht ihren Mann aus der Welt, um dann sofort Peter heiraten zu können, und dieser meint, man müsse dem Küster vielleicht „ein Ratzenpulver" eingeben, zu Tode ärgern liesse er sich ja doch nicht.

Die Kritik in der „Bibliothek der schönen Wissenschaften" äussert sich dahin, dass dieses Stück aus der Sammlung von Krügers Schriften hätte wegbleiben können, weil es „sich eher zu einer komischen Oper, als zu einem Lustspiele geschickt hätte, überhaupt zu sehr ins Possenhafte falle".

Als eine Art komischer Oper erscheint denn auch die Bearbeitung des „Teufels ein Bärenhäuter", welche in der Wiener Schaubühne 1765 veröffentlicht wurde. Hier lautet der Titel „Die übelgerathene Verkleidung, oder der geprügelte Teufel. Ein Lustspiel in Versen von zwey Aufzügen mit Liedern vermischt." Am Schluss steht eine „Nachricht" des Herausgebers:

„Gewisser Leser wegen, wird es nöthig seyn, anzuzeigen, dass dieses Lustspiel aus des Herrn Krügers Schriften genommen ist, es befindet sich unter dem Titel: der Teufel ein Bärenhäuter, darinnen. Man hat einige kleine Veränderungen dabey angebracht, und etwas zum Singen hinzugefüget. Letzteres geschahe die Belustigung des Zuschauers zu vergrössern, und das erstere war nothwendig, wenn man dieses Stück auf unsrer Schaubühne aufführen wollte," „das" — so sagt die Vorrede, — „gewiss allemal belustigen muss, da es voller starken komischen Züge ist."

Die Veränderungen sind in der That, wenn man von

den eingefügten Gesängen absieht, sehr unwesentlich. Ruthes
Frau tritt als Colombine auf, was für Wien, das so lange dem
Harlekin huldigte, bezeichnend ist. Jacob Rabe, den Krüger
in Halle bei Studenten dienen lässt, zieht als „Marque-
tänder" mit einem Corps bald hierhin bald dorthin; „zuerst
war er bei Golz ins Lager hingeführt." Die sonstigen „kleinen
Veränderungen" beziehen sich lediglich auf die Unterdrückung
anstössiger Stellen und Ausdrücke, welche allerdings mit weit-
gehender Prüderie vorgenommen ist. Hahnrei, Hörnerträger
und ähnliche Worte werden beseitigt, ja, es wird sogar
„küsse mich" durch „umarme mich" ersetzt. Von den eingefügten Liedern verdienen die recht gelungene „Aria" des
Schulmeisters und das „Duetto" zwischen Colombine und Peter
bekannt gegeben zu werden.

Ruthe.

Welcher Schimpf, gerechter Himmel!
Pfuy der Schand! dass ist zu viel,
Dass der grobe Bauern Lümmel
Einen Meister prügeln will.
Einen Meister der studiret,
Griechisch, und Hebräisch spricht.
Der euch Lieder componiret,
Auf dem Chore decantiret,
Die Patenten expliciret,
Die der Amtmann euch mittiret,
Der im Dorfe advociret,
In dem Amte peroriret,
Euer Ansehn souteniret,
Euch in allem secundiret,
Eh' Contracten describiret,
Eure Rechte defendiret,
Eure Kinder instruiret,
Diesen Mann verschont man nicht?

Colombine. Peter. Ruthe.

Duetto.

Colomb.: Glaube schönster Peter mir:
      Dich lieb ich von Herzen.
Peter: Schatzerl bin ich nur bey dir,
      Kan ich freudig scherzen,
      Immer möcht ich bey dir seyn!
Colomb.: Wärest du nur völlig mein!

Peter:	Dieser schöne rothe Mund!
Colomb.:	Deine braune Wangen
Peter:	Hatte schnell
Colomb.:	Haben bald } mein Herz verwundt.
Peter:	Du bist mein Verlangen.
Colomb.:	Über alles lieb ich dich,
	Peter! aber lieb auch mich!
Peter:	Ja mein Schatzerl
	Gieb ein Schmatzerl,
	Denn dein Alter sichts ja nicht.
Ruthe (leise):	Ha verfluchter Bösewicht!
Colomb.:	Colombine küsset nicht,
Peter:	Und der Alte sichts doch nicht.
Peter und Colomb.: }	Wenn es auch gleich niemand sicht Küsset Colombine nicht.

Es mag darauf hingewiesen werden, dass Christian Felix
W e i s s e in seiner Operette „der Dorfbarbier" einen Dorf-
schulmeister Ruthe und einen Schankwirt Rabe auftreten
lässt. Auch die Situation in dieser Operette erinnert etwas
an Krügers Posse. Die Quelle zu Weisses „Dorfbarbier"
ist bekanntlich Sedaines „Blaise le Savetier"; ob dies die
einzige von ihm benutzte Vorlage ist, vermochte ich nicht
festzustellen, da ich mir das französische Original nicht ver-
schaffen konnte. Auch aus Minors Buch über Weisse war
nichts zu ersehen.

Wenn ich diesem Lustspiel trotz seines geringen literari-
schen Wertes etwas mehr Raum gegönnt habe, so ist der Grund
dafür der, dass ich in ihm Beziehungen zu Goethes „Mitschuldigen" nachweisen zu können glaube. In beiden Stücken
kommt die gleiche Idee zum Ausdruck: eine Frau hat einen
ungeliebten Mann geheiratet, der Liebhaber, der einige Zeit —
zufällig in beiden Lustspielen drei Jahre — fern gewesen
ist, kommt zurück, und noch erglühen beide in Liebe zu einander. Hannchen ist gezwungen worden, den reichen Wilhelm
Rabe zu heiraten.

> „Die Aeltern gaben mir die junge Tochter gleich:
> Doch die empfand es nicht, wie jene, dass ich reich.
> Die Aeltern zwangen sie, ich ward ihr Bräutigam."

Sophiens Gründe zur Heirat sind allerdings andere:

„Mit Vierundzwanzigen ist nicht viel zu verpassen,
Der Söller kam mir vor — Eh, und ich nahm ihn an;
Es ist ein schlechter Mensch, allein es ist ein Mann."

Die Lösung ist bei beiden Dichtern unbefriedigend. Wir
können uns mit dem Gedanken nicht befreunden, dass Sophie
mit Söller, dem Alcest das Gestohlene schenkt, fröhlich weiter
lebt. Der Ausgang der „Mitschuldigen" ist gezwungen und kann
uns nicht in heitere Stimmung versetzen. Wie unwahrscheinlich
und unmotivirt der Umschlag in Hannchens Stimmung gegen ihren
Mann ist, wurde bereits gesagt, aber wir können doch daraus
ersehen, dass Krüger das Gefühl gehabt hat, ein versöhnen-
der Abschluss müsse herbeigeführt werden, wenn er auch nicht
sehr natürlich erscheint. Valentins Schicksal wird, ebenso wie
das Söllers, in der Schwebe gelassen.

Dass „der Teufel ein Bärenhäuter" die Quelle für die
„Mitschuldigen" ist, wird sich kaum erweisen lassen. Man
wird aber mit der Behauptung nicht zu weit gehen, dass neben
anderen Einflüssen auch der des Dramatikers Krüger in
Goethes Lustspiel wahrnehmbar ist. Besonders scheint Krüger
auf Stil und Sprache in der früheren Fassung der „Mitschuldigen" eingewirkt zu haben.

Das letzte vollendete Lustspiel Krügers, der einaktige,
ebenfalls in Versen geschriebene „H e r z o g M i c h e l" ist,
wie der Verfasser selbst angiebt, nach einer poetischen Erzählung von Johann Adolf Schlegel, „Das ausgerechnete
Glück," welches in den Bremer Beiträgen erschienen war [1]),
verfasst.

Bekannt ist L e s s i n g s Urteil über dieses kleine Lustspiel, das bis zum Ende des Jahrhunderts unzählige Aufführungen erlebt hat und sicherlich das beliebteste Nachspiel
seiner Zeit gewesen ist. „Vom Herzog Michel", so schreibt L e s -
s i n g im 83. Stück der Hamburgischen Dramaturgie, „brauche
ich wohl nichts zu sagen. Auf welchem Theater wird er nicht
gespielt, und wer hat ihn nicht gesehen oder gelesen? Krüger
hat indess das wenigste Verdienst darum; denn er ist ganz

---

[1]) Vierter Band, erstes Stück. 1747.

aus einer Erzählung in den Bremischen Beiträgen genommen. Die vielen guten satirischen Züge, die er enthält, gehören jenem Dichter, sowie der ganze Verfolg der Fabel. Krügern gehört nichts als die dramatische Form." Wie weit Lessing recht hat, ergiebt ein Vergleich des „Herzog Michel" mit seinem Vorbild.

Schlegel philosophirt in den Eingangsversen seines Gedichts über den allen Menschen gemeinsamen Wunsch, reich und glücklich zu sein, doch werden sie oft betrogen. Ein Beispiel soll das erläutern. Michel, ein armer Tagelöhner, „der doch herzlich gern Carossen rasseln hörte," der, „wenn er Reiche sah, fast vor Verdrusse starb." kurz der „sich recht zum Reichen schickte," glaubt,

„Das Glück, auf das er längst gehört,
„Schon mit der Nachtigall, der er die Freyheit raubte,
„In seiner Hand zu halten."

Er hofft für diesen Vogel, dem er ansieht, dass er vortrefflich schlagen kann, zwölf Thaler zu bekommen.

„Nun! Die zwölf Thaler hätt ich dann!
„Nur fragt sich, wie sind die recht weislich anzulegen?

Für das Geld will er zwei Kühe kaufen.

„Zwo Kühe schaff ich mir. Die wären also mein."

Diese Kühe werden dann kalben, und in wenigen Jahren wird er 16 Kühe haben. Mit dem Erlös soll ein Feld erworben werden, und da Michel ein guter Christ ist und nie den Gottesdienst versäumt, so wird Gott das Feld schon segnen. Sein Korn will er aufspeichern, um bei einer Missernte einen hohen Gewinn zu erzielen. Dann kauft Michel bei Leipzig eine Schenke, wo er gut zu schneiden denkt. Nach weiteren drei bis vier Jahren will er in die Stadt ziehen und den Armen „um zwölf Procent, doch nur auf Pfänder" Geld leihen: macht es doch „unser Pfarr" geradeso.

„Nun ist ja Michel reich;" man macht ihn wohl bald zum Edelmann, zum „Herrn von Michel", und der Hof, der von seiner Pracht und seinem Aufwand hört, wird ihn zu sehen wünschen.

„Da werd ich ein Geheimderrath!
„Ha! ha! Gebeimderrath! Geheimderrath! denkt an!

4

— — — —

„Gräfinnen werden sich bemühn,
„Mich listig in ihr Garn zu ziehn."

Doch eine Gräfin genügt Micheln nicht.

„Kömmt eine Herzoginn, so kann das ehr geschehen" — — —
„Wenn sie alsdann ein Herzogthum nur hat:
„So will ich ihr mein Jawort geben.
„Wie lustig wird dann nicht Herr Herzog Michel leben!" — —
„Dann will ich meine Noth vergessen,
„Und täglich Schweinebraten essen,
„Und täglich in die Schenke gehn".

Doch nein, für einen Herzog schickt sich das nicht, seine
Frau soll ihm Wurzner Bier holen. Da sie sich weigert,
gerät er in Wut und holt mit der Hand, in welcher er die
Nachtigall hält, aus, um seine Frau zu schlagen. Natürlich
entfliegt der Vogel.

„O das war ein betrübter Fall!
„Wie war nun Micheln wohl zu rathen?
„Denn ihm entflog die Nachtigall,
„Und mit ihr Herzogthum, und Wurzner Bier und Braten."

In der dramatischen Fassung treten drei Personen auf,
Michel, seine Geliebte Hannchen und deren Vater Andreas,
welcher allerdings eine sehr nebensächliche Rolle spielt. Im
ersten Auftritt droht der Vater seiner Tochter mit seinem Zorn,
wenn sie noch länger den Knecht Michel liebt, der aus dem
Dienst gegangen ist und nun in der Schenke faullenzt, während
er früher so fleissig gearbeitet hat, dass ihm Andreas seine Tochter
zur Frau versprochen. Auf Hannchens Bitten hin will der Vater
noch einmal in Güte mit Michel reden. Dies thut er im zweiten
Auftritt, doch findet er kein Gehör. Michel faselt von Herzog
werden, dann will er Andreas zum Grafen, vielleicht gar zum
„Suppendente" machen. Kopfschüttelnd geht dieser ab.
Michel, allein gelassen, überlegt, was er wohl, da er als
Herzog an alle denken will, aus dem dummen Hans machen
wird. Dann kommt Hannchen. Sie soll „Matresse"[1] Michels
werden, wenn er Herzog ist. Doch für jetzt muss er ihr
Lebewohl sagen.

---

[1] Im ‚Deutschfranzos' von Holberg sagt der Hausknecht
Hans, sein Herr (Jean de France) nenne seine Geliebte „Madratze".

„Lass mich zum letzten Mal dein schwarzes Auge sehen,
„Das eine Herzoginn nicht schwärzer haben kann!
„Wär ich nicht, was ich bin, wie gern würd ich dein Mann!
„Allein, ich bin - - Ich bin noch nicht - - Jedoch, ich werde - -
„Aus einer Nachtigall wird alles, Kutsch und Pferde,
„Und - - bald verrieth ich mich. Gnug was ich werden soll,
„Das ist im Stalle schon, im Käficht - - Lebe wohl!"

Damit geht er ab. Hannchen weiss durchaus nicht, was
das bedeuten soll. Im 6. Auftritt kommt Michel, der sich
anders besonnen hat, mit der Nachtigall zurück und erklärt
Hannchen alles. Der weitere Verlauf ist genau wie bei
Schlegel. Zum Schluss bittet Michel Hannchen, die ihn nun
mit der Herzogin und den Gräfinnen neckt, um Verzeihung.

„Ich, Herzog, geh nun wieder an den Pflug.
„Ja, leider ich muss thun, was meine Väter thaten.
(Er umarmet Hannchen.)
„Du bist mein Herzogthum, mein Bier, mein Schweinebraten".

Es wird im „Herzog Michel" ein in der Weltliteratur
sehr oft behandeltes[1] Thema variirt. Ich erinnere nur an
Lafontaines „La Laitière et le Pot au lait,[2]" an Gleims
„Milchfrau" und Joh. Benj. Michaelis „Milchtopf". Bei den
naiven Zuhörern fand die angeschlagene Weise ein Echo, und
das erklärt den grossen Erfolg des an sich recht anspruchslosen
Werkchens. Lafontaine sagt so richtig am Schluss seiner
Fabel:

Quel esprit ne bat la campagne?
Qui ne fait châteaux en Espagne?

Wie die meisten Erzeugnisse Krügers Eile und Drang
verraten, so auch der „Herzog Michel". Hat er sich doch
nicht einmal Zeit genommen, Schlegels Verse — jambische
Zeilen mit 4 — 6 Hebungen in ganz unregelmässigem Wechsel —
in Alexandriner umzuschmelzen und so das Stück einheitlicher
zu gestalten. Die Verse Schlegels, welche Krüger in seinen
Kram passen, nimmt er ohne weiteres herüber und reiht sie
seinen eigenen Versen ein. Dass dabei keine Einheitlichkeit

---

[1] Vergl. über die Verbreitung des Stoffs H. W. Kirchhofs
Wendunmuth, hrsg. v. Oesterley 1869, I, 171.

[2] Lafontaine, Fables VII, 10.

4*

erzielt werden konnte, leuchtet ein. Indessen wird man anerkennen müssen, dass die dramatische Umformung von Krüger nicht ohne Geschick vollzogen ist. Er versteht vortrefflich, die Spannung einige Zeit hinzuhalten. Der Zuschauer weiss nicht, was Michel zu Kopf gestiegen ist, wohin seine Reden zielen. Schlegel giebt die Erklärung sogleich am Anfang seiner Erzählung, was der epische Dichter wohl thun darf, doch nicht der dramatische. Wie es freilich möglich war, dass der vorher so brave Michel — erst Krüger hebt dies ausdrücklich hervor — sich so den Kopf verwirren lassen konnte, dafür fehlt die phsychologische Begründung.

Löwen giebt an, dass der Herzog Michel seine erste Aufführung am 19. Januar 1750 in Leipzig erlebte[1]), wo Schönemann vom 1.—29. Januar spielte. Zuerst gedruckt ist er im 5. Band der Schönemannschen Schaubühne. Der Einakter diente noch Goethe bei Schönkopf in Leipzig zur Unterhaltung. Dessen gedenkt er im 7. Buch von Wahrheit und Dichtung: „Wir sangen die Lieder von Zachariä, spielten den „Herzog Michel" von Krüger, wobei ein zusammengeknüpftes Schnupftuch die Stelle der Nachtigall vertreten musste." Einen Brief an Kätchen Schönkopf vom September 1768 unterzeichnet Goethe „Michel, sonst Herzog genannt, nach Verlust seines Herzogtums aber, wohlbestallter Pachter auf des gnädigen Herrn hochadelichen Rittergütern"[2]).

In den siebziger Jahren und auch noch später wurde der „Herzog Michel" fast immer von Kindern gespielt, was die Wirkung bedeutend erhöht haben soll. So spielte z. B. auf der Döbbelinschen Bühne ein Knabe Christ, Sohn des Schauspielers Christ, die Titelrolle. Seine Leistung begeisterte die Karschin zu einem Gedicht, welches ich hier wiedergebe, da es nicht in der Sammlung ihrer Gedichte steht. Veröffentlicht wurde es in Nr. 53 der „Berlinischen Nachrichten von Staats- und Gelehrten Sachen" am Donnerstag den 2. Mai 1776. Die Vorstellung, auf die sich das Gedicht bezieht, hatte am 24. April stattgefunden.

[1]) Ebenso Chronologie des deutschen Theaters S. 148.
[2]) Vergl. auch Goethe's Briefe I, 148.

Dem kleinen Acteur Christ wegen der Rolle des Herzog Michels,
von A. L. Karschin.

1. Du Wunderkind auf Döbbelins Theater
   Sprich, kennst du noch die Musen nicht?
   Kam nicht Thalia selbst zu Hülfe deinem Vater
   Bey Seinem Unterricht?
2. Er ganz allein hätt alles dich gelehret?
   Die Pantomime, diesen Ton?
   Der Stimme welche man bald hoch, bald niedrig höret?
   Belebt durch Action!
3. Das scheint unglaublich, kleiner Herzog Michel,
   Du spielst in deinem sechsten Jahr
   Als wenns ein Dorfmann wär: dem schon die Waizensichel
   Oft überlästig war.
4. Satyre, Scherz, und Ernst, und drollge Laune
   Wird so natürlich ausgedrückt:
   So wahr, so richtig wahr, dass ich darüber staune,
   Wir Alle sind entzückt.
5. O hätt ich statt des Aganippenflusses
   Woraus ich immer schöpfen darf,
   Doch ein paar Fässer aus dem Strom des Pactalusses,
   Der mir nur Körner warf!
6. Dann gäb ich dir und deiner lieben Hanne
   In meinen beyden Händen Gold,
   Und spräche: Kinder geht, geht, bringts dem braven Manne
   Zum Unterweiser Sold.
7. Grüsst Euren Vater wonnevoll im Namen
   Des feinen Publicums, und ringt
   Beständig der Natur im Spiele nachzuahmen,
   Damits euch Ehre bringt.

F. L. W. Meyer erzählt in seinem Buche über F. L. Schrö-
der, die Kinder Christs und die jungen Keilholz hätten aus
dem Herzog Michel ein so freundlich ansprechendes Etwas
gemacht, dass man nicht müde werden konnte, sie zu sehn,
und wenn gleich Lustspiele in Versen gerade nicht beliebt
waren, der Kleinigkeit eine längere Dauer gewünscht hätte.
Und Hagen sagt in der Geschichte des Theaters in Preussen[1]),
dass der „Herzog Michel" noch um 1790 von Kindern gespielt wurde. „Nicht ungewöhnlich war es, dass man den ver-
alteten naiven Stücken dadurch aufzuhelfen suchte, dass man

---

[1]) 1852, II, S. 372.

sie gleichsam in Miniaturzeichnung dem Publikum vorführte. Und es nahm sich wohl passender aus, wenn ein Knabe Kühe, Landgut, Grafschaft und Herzogthum aus seiner Hand mit der Nachtigall entschlüpfen liess, als wenn ein Meister wie Ekhof den Herzog Michel gab."

H. Uhde behauptet in seiner Biographie Ekhofs[1]), dass dieser den sich zum Herzog träumenden Bauern in der platten Sprache gespielt habe. Worauf sich diese Angabe stützt, ist nicht zu ersehen. Thatsache ist aber, dass der Michel eine Lieblingsrolle Ekhofs war. Das erzählt Karoline Schulz in ihren Memoiren[2]): „Als die Probe aus war," heisst es dort, (es handelt sich um den „bestraften Betrüger", der zu Hamburg in der letzten Vorstellung vor den Fasten 1766 gegeben wurde) „meinte Ekhof, es spiele zu kurz, und müsse noch ein Nachspiel gegeben werden, der Herzog Michel; Bitten und Schelten half nichts, Ekhof wollte eine seiner Lieblingsrollen, den Michel, vor einem vollen Hause spielen. An Auswendiglernen war unter solchen Umständen nicht zu denken. Wie schlecht ich das naive Hannchen spielte, lässt sich denken." Auch eine Schauspielerin, wie Madame Hensel, deren Begabung doch auf ganz anderem Gebiete lag, hat die Rolle Hannchens gegeben, wie J. Chr. Brandes im 2. Bd. seiner Lebensgeschichte mitteilt.

In Plümickes Theatergeschichte von Berlin S. 349 findet sich die Angabe, dass der „Herzog Michel" von Joh. André, der seit 1777 Direktor des Döbbelinschen Orchesters war, komponirt worden sei. Ebendasselbe steht in mehreren Jahrgängen von Reichards Gothaischem Theaterkalender. Indessen scheint es, dass diese musikalische Bearbeitung nicht erhalten ist. In der Musikabteilung der königlichen Bibliothek in Berlin war nichts vorhanden, auch konnte ich sonst nichts Sicheres ermitteln.

Der „Herzog Michel" wurde nicht nur von Kindern dargestellt, er musste auch noch zu einer ganz besonderen

---

[1]) Neuer Plutarch Leipzig 1876, S. 183.
[2]) Karl von Holtei, Monatliche Beiträge zur Geschichte dramat. Kunst und Litteratur Berlin 1828 S. 215.

Art theatralischer Schaustellung herhalten. Im Archiv zu Hannover fand ich einen Theaterzettel aus dem Jahre 1783, auf dem eine optische Vorstellung, „welche die Nacht präsentiret," angezeigt wird. „Hierauf folget mit unsern Figuren, welche in natürlicher Bewegung auf dem Theater gehen werden, als wenn es lebendige Personen wären:

Der stolze Bauer,

oder

Das ausgerechnete Glück.

Ein Lustspiel in Versen."

Nach dieser Bemerkung des Zettels unterliegt es keinem Zweifel, dass der stolze Bauer, der am 28. August 1783 zu Hannover so misshandelt worden, unser „Herzog Michel" war. In demselben Jahre fanden noch 3 weitere Vorstellungen statt. Ferner wurde von der „Stromschen Gesellschaft teutscher Marionettenspieler" 1786 am 27. April und 29. Mai, ebenfalls zu Hannover, aufgeführt „Das ausgerechnete Glück. Ein drolligtes Lustspiel in einem Aufzuge."

Doch die Geschichte des „Herzog Michel" ist noch nicht zu Ende. 21 Jahre nach seinem Erscheinen wurde er nämlich in das Böhmische übertragen. Diese Bearbeitung erschien in Prag 1771 unter dem Titel „Knjze Honzyk Wesela Czino = Hra. Od Gednoho Zatahu Z Nemeckeho wzata. (z. d. Fürst Hans. Ein lustiges Schauspiel von einem Akt aus dem Deutschen genommen.) Leo Blass in seinem „Theater und Drama in Böhmen" Prag 1877[1]) schildert ihre Entstehung. Der als Verbesserer des Theatergeschmacks in Prag wohlbekannte Joh. Jos. Brunian war seit 1753 Leiter des Kotzentheaters daselbst. Er bestrebte sich, sein Repertoire gediegen und mannigfaltig zu gestalten, immer etwas Neues zu bringen. So wurden denn auch Krügers Stücke aufgeführt, von denen der „Herzog Michel" weitaus die grösste Zugkraft bewährte und immer volle Häuser erzielte. Einige eifrige Patrioten wollten dem eigentlichen, böhmisch gebliebenen Volk von Prag den Ge-

---

[1]) Damit übereinstimmend, jedoch viel kürzer: Teuber, Geschichte des Prager Theaters, Prag 1883 S. 344.

nuss einer Theatervorstellung bereiten, und Brunian ging daranf ein. „Herzog Michel" schien ihm das geeignetste Stück für diese „böhmische Vorstellung" zu sein. Eine, nach Blass' Ansicht, sehr ungeschickte Übersetzung wurde anf Kosten des Magistratsrats Zeberer gedruckt. Über die Aufführung des böhmischen „Herzog Michel," der von deutschen Schauspielern, die kein Wort böhmisch verstanden, gespielt wurde, hat ein böhmischer Patriot des vorigen Jahrhunderts berichtet: „Das Theater war an jenem Abende so überfüllt, dass kein Apfel hätte durchfallen können. Die Unzufriedenheit des Publikums über das, was es zu hören bekam, stieg jedoch mit jeder Scene bis zum höchsten Grade am Schlusse, wo sie sich durch Pfeifen, Tosen, lautes Schimpfen und schallendes Gelächter Luft machte. — — Der Schauspieler, der den Michel spielte, hatte noch das besondere Malheur, dass ihm irgend ein böswilliger Spassvogel den letzten Satz in einer anderen, wie er behauptete, viel besseren und drastischeren Übersetzung eindrillte, so dass ein wahrer Beifallssturm erfolgen müsse".

Mit Blass' Urteil über den Wert der böhmischen Übersetzung des „Herzog Michel" steht eine Kritik nicht ganz im Einklang, welche im Jahre 1771 in den „Prager gelehrten Nachrichten" erschien. Der Recensent rühmt zunächst die Bedeutung und Vorzüge der böhmischen Sprache, die jedoch seid fast 150 Jahren in Unthätigkeit verfallen sei, und fährt dann fort: „Es scheint aber doch, dass es noch patriotische Männer giebt, welche dem gänzlichen Verfalle unserer Muttersprache, die mit der griechischen, ihres körnigten Ausdruckes wegen, soviel gemeinschaftliches hat, vorzubeugen suchen, denen gewiss der Uebersetzer gegenwärtigen kleinen Stückes, das sonst auf den Schaubühnen unter dem Titel des Herzog Michels bekannt ist, beygezählet zu werden verdienet. Er zeigt, dass er vollkommen seiner Sprache mächtig ist, und da wo er in der alten böhmischen Sprache keinen Ausdruck für gewisse Worte fand erschuff er sich neue, die den Sinn so passend, als möglich ausdrückten. — — — Was für einen wichtigen Dienst würde der Hr. Übersetzer seinen Landsleuten sowohl, als anderen in Mähren und Ungarn

wohnenden böhmischen Stämmen leisten, wenn er in seiner
lobenswürdigen Arbeit fortführe. Nur würden wir ihm künftig
eine bessere Wahl für seine Bemühung zu treffen, und statt
Uebersetzungen deutscher Dramen, Gellerts Fabeln, Gessners
Schriften und andere dergleichen, in das böhmische zu übertragen anrathen. — — — Eins können wir nicht begreifen!
— Was mag den Hr. Uebersetzer bewogen haben, sein Lustspiel in gereimter Prosa zu verfassen? Verse sind es nicht;
höchstens gereimte Zeilen ohne metrischen Schema: und doch
ist die böhmische Sprache, die ein eben so genau bestimmtes
Sylbenmass ihrer Wörter, als nur immer die griechische und
lateinische hat, mehr zu abgemessenen Versen als Reimen
geschickt. Hat der Hr. Uebersetzer vielleicht unserm alten
Dalemil nachahmen wollen? Aber — wer unter den heutigen
deutschen Dichtern, würde sich wohl Hans Sachsen, oder
Bertholden von Brandenburg zum Muster wählen?"

Ein Exemplar dieser überaus seltenen böhmischen Übersetzung des „Herzog Michel" fand ich im British Museum. Ich
teile die kurze Vorrede in deutscher Uebersetzung mit.

Wir erlauben uns in unserer Muttersprache eine Komödie
vorzuführen, welche in der deutschen Sprache von Herrn
Krüger unter dem Titel Herzog Michel verfasst ist und allgemein gefallen hat. Falls unser Unternehmen in unsrer Muttersprache von dem Publikum beifällig aufgenommen werden sollte,
versprechen wir mehrere solche Lustspiele herauszugeben, und
dies ist es, was ich mitteilen wollte.

Ergebenst
Der Übersetzer N. N.

Die Reihe der vollendeten Lustspiele Krügers ist hiermit
erschöpft. Es bleibt noch übrig das dramatische Fragment
„Der glückliche Banquerotirer" zu erwähnen, von dem der
erste Aufzug und zwei Scenen des zweiten erhalten sind. Es
ist wieder in Prosa geschrieben. Die Personen führen französische Renaissance-Namen, Leander, Argant, Lisette, Crispin,
was Krüger doch sonst so ziemlich vermieden hatte. Wann
dies Fragment entstanden ist, lässt sich gar nicht bestimmen.

Der Kaufmann Pandolph, ein zärtlicher Gatte, von Sorgen
wegen seines bevorstehenden Bankerotts gequält, hat sich in
der Nacht „von der Seite der liebenswürdigsten Frau" weg-
geschlichen, um allein seinem Kummer nachzuhängen. Sein
Diener Peter soll ihm Licht bringen, doch der ist so verschlafen,
dass er das Rufen seines Herrn kaum hört. Jetzt kommt des Kauf-
manns Frau von einer „Maskerade" zurück, wohin sie öfters mit
ihrem Mädchen Lisette heimlich in der Nacht geht, um die
hochmütigen Gecken anzuführen. Dieser seiner jungen Frau
hat Pandolph all sein Vermögen geopfert. Er erblickt die
weisse Maske seiner Frau, erkennt sie aber nicht und eilt
erschreckt fort. In dem Bett findet er eine ausgestopfte
Puppe, die von seiner Frau dahingelegt worden ist, damit
man ihre Abwesenheit nicht merkt. Pandolph, durch das
Dunkel getäuscht, hält seine Frau für tot und bringt weh-
klagend die Puppe auf die Bühne. Inzwischen geht die Frau
wieder zu Bett, der Mann erkennt schliesslich seinen Irrtum.
Am nächsten Morgen soll Frau Pandolphin ein Rendezvous
mit Leander, dem grössten Gecken des Orts, haben.

So weit reicht das Bruchstück, dessen ich nur deshalb
Erwähnung gethan habe, weil Sonnenfels in den „Briefen
über die wienerische Schaubühne" 1768 davon spricht. Im
44. Schreiben äussert er bei der Besprechung von Brandes'
„Der Schein betrügt": „Die Anlage des ganzen Stückes ist
vielleicht eine Nachahmung des zärtlichen Ehemanns von
S t e e l e; vielleicht eine Ausführung des unvollendeten glücklichen Bankerotiers von Krüger. Es könnten noch 10 Stücke
sein, womit er Ähnlichkeit hat; aber das mitzuteilen ist über-
flüssig. Erfindung und Plan sind nicht Brandes', sondern
feine Auszeichnung einzelner Karaktere und Dialog." Dann
wird der Anfang von Brandes' Lustspiel mitgeteilt, der allerdings unverkennbare Verwandtschaft mit Krügers Entwurf
zeigt. Wie unser Dichter diesen fortzusetzen gedachte, ist
nicht ersichtlich; vielleicht versteht sich der reiche Stutzer
Leander, von Frau Pandolph in die Enge getrieben dazu,
ihrem Mann aus der Not zu helfen. Ubrigens arbeitet Krüger
in diesem Fragment mit den Mitteln der niedrigsten und

gröbsten Komik, wie sie höchstens im „Teufel ein Bärenhäuter" zu finden ist[1]).

Krügers Bedeutung als Dramatiker.

Welches Ansehen Krüger als Lustspieldichter genossen hat, können wir aus dem folgenden Urteil, das etwa 30 Jahre nach seinem Tode in den „Charakteren teutscher Dichter und Prosaisten" Berlin 1781 erschien, erkennen.

„Krüger war ein Mann von ausgebreiteter Belesenheit in den Werken des Witzes, ein Mann von Genie und nicht gemeiner Weltkenntniss, mit grossen Talenten zur komischen Poesie geboren, und selbst ein Schauspieler; — was konnte von einem solchen Geiste das teutsche Theater hoffen, wenn er länger und glücklicher gelebt hätte! Seinen grössten schriftstellerischen Ruhm hat er den Lustspielen zu danken; denn weder die lyrischen Versuche noch seine Sinngedichte sind vorzüglich. Aber wer kennt seine Kandidaten und Herzog Michel nicht? wer sieht sie mitten unter den überspannten Kraftstücken unserer Zeit nicht jedesmal mit neuem Vergnügen. Er verbindet in Reden und Handlungen komischen Muthwillen mit komischer Anständigkeit, er hat Auftritte voller Persiflage, lustige Theaterstreiche und einen dreisten Witz; seine Charaktere besonders die possierlichen, sind rein und stark gezeichnet, sein Ausdruck ist voller Lebhaftigkeit, mit launigen Originaleinfällen und treffender Satyre durchflochten. In seinem Dialog ist Natur und Mannigfaltigkeit, er ist ebenso frei von zugespitzten Bonmots, als tändelndem Geschwätze. Wenn dieser an manchen Orten noch kürzer, und in allen Stücken noch mehr Handlung wäre, so verdiente Krüger unter den einheimischen Lustspieldichtern eine der ansehnlichsten Stellen."

[1]) Herr Prof. A. Köster ist so gütig, mich darauf aufmerksam zu machen, dass zwei Motive aus dem „glücklichen Banquerotirer" bei Goethe wiederkehren. In dem Fragment des „Tugendspiegels" (Briefe I, 148 ff.) erscheint der Kaufmann Melly, der sich, ebenso wie Pandolph, um der geliebten Frau willen ruinirt hat. Ferner wird im „Triumph der Empfindsamkeit" eine Puppe, welche die Stelle der Geliebten einnimmt, auf die Bühne gebracht. Da sich Goethe nachweislich für den „Herzog Michel" sehr interessirt hat, und die „Mitschuldigen" höchstwahrscheinlich von dem „Teufel ein Bärenhäuter" im Ton der Rede beeinflusst sind, ist die Uebereinstimmung dieser Motive bemerkenswert, und zwar besonders die des ersteren, weil der einzige Auftritt des „Tugendspiegels" während Goethes Leipziger Aufenthalt (November 1767) entstanden ist.

Uns kommt es freilich zu, diese Lobsprüche auf das gebührende Mass zurückzuführen. Es soll dazu Krügers dramatische Thätigkeit gewürdigt, und Technik, Tendenz und Charakteristik in seinen Dramen untersucht werden. Was zunächst den Aufbau der Handlung, die Verteilung des Stoffes auf die einzelnen Akte und Scenen angeht, so ist sich Krüger hierbei nicht überall gleich. Am besten gelungen ist „Der blinde Ehemann"; „Die Landgeistlichen" und „Candidaten" stehen zurück. Der Grund dafür ist leicht zu finden. Die Handlung in dem erstgenannten Lustspiel ist ziemlich einfach und durchsichtig, sie baut sich sinngemäss und dramatisch in drei Akten auf. Der erste Akt enhält die Exposition, der zweite den dramatischen Höhepunkt, der dritte den Abschluss der Handlung. Der erste Aufzug bringt also Andeutungen über die Beziehungen der Personen zu einander, besonders über das Verhältnis des Prinzen zu Astrobal, das wichtigste des ganzen Dramas. Im zweiten Akt wird der bis dahin ahnungslose Prinz durch die Erscheinung der Fee von dem über sie verhängten Fluch, seiner Verwandtschaft mit Astrobal und dem Mittel, den Fluch zu lösen in Kenntnis gesetzt. Dann bleibt nur noch übrig, im letzten Akt die sich hieraus ergebenden Folgen darzulegen.

Weniger vorteilhaft nehmen sich in diesem Punkte die beiden andern Lustspiele aus. Hier gelangt nicht eine einfache abgeschlossene Handlung zu Darstellung, sondern es kommt dem Verfasser in erster Linie auf die satirische Schilderung der Sitten und der Gesellschaft an. Die Aufgabe nun, diese Satire in dramatische, einheitliche Handlung umzusetzen, ist ihm nicht recht gelungen, und es ist um den technischen Bau nicht so gut bestellt als im „blinden Ehemann." Für die „Candidaten" kommt hinzu, dass sie 5 Akte haben, was die Schwierigkeit der Stoffverteilung noch erhöht. Die beiden ersten Akte dieses Lustspiels bilden die Exposition. Das „Thema" wird aufgestellt: Hermann will die Rathsherrnstelle haben, von Chrysander und Valer aber werden ihm Hindernisse in den Weg gelegt. Daneben erfahren wir, welche Absichten der Graf und Arnold auf Caroline haben. So weit

können wir dem Verfasser Anerkennung zollen. Im 3. Akt
aber zeigt sich kaum ein Fortschritt der Handlung. Es werden nur Valers Beweggründe für die Bewerbung um die Stelle
angegeben, und der Anschlag Arnolds, Hermann und Caroline
durch einen untergeschobenen Brief zu verfeinden, gelangt zur
Ausführung. Dieser Anschlag führt jedoch zu nichts, denn
die List wird sofort von den beiden Liebenden durchschaut.
Vorbereitend wird auch angedeutet, dass zwischen Valer und
Caroline Beziehungen bestehen. Der 4. Akt bringt ebenfalls
kein rechtes Leben in den Gang der Handlung. Die einzelnen
Scenen dienen lediglich zur Beleuchtung der Verhältnisse und
Personen. Erst im 5. Akt eilt die Handlung in schnellerem
Tempo dem Schluss zu. Chrysander werden über seine Braut
Christinchen die Augen geöffnet, Valer erkennt in Caroline
seine unglückliche Kousine und hat nun, da die Gräfin hin-
reichend kompromittirt ist, nach der Stelle kein Verlangen
mehr, Hermann bekommt sie endlich und wird mit Caroline
vereint.

Im allgemeinen geschickt verfährt Krüger in der Wahl
des Schauplatzes. Im „blinden Ehemann" ist es ein Garten,
in den „Geistlichen auf dem Lande" Muffels Haus, in den
„Candidaten" der Palast des Grafen. Man sieht, der Dichter
ist bemüht, die Einheit des Orts zu wahren, sich aber gleichzeitig eine gewisse Freiheit der Bewegung zu sichern. Unter
diesem Bestreben leidet in den „Landgeistlichen" die innere
Wahrscheinlichkeit, denn es ist nicht gut möglich, dass sich
hier alle Auftritte, so wie sie dargestellt sind, in Muffels
Hause abspielen. Dagegen sind die übrigen Dramen von
einem solchen Vorwurf freizusprechen.

Sehr ungleich schlägt in Krügers Bühnenwerken der
d r a m a t i s c h e P u l s. Wenn hier die Handlung schnell
vorwärts strebt, stockt sie an anderen Stellen gänzlich; der
Zuschauer muss dann oft lange und langweilige Auseinander-
setzungen zwischen nur zwei Personen anhören. Besonders
findet sich dieser Fehler am Anfang der Dramen und macht
sich schon in der äussern Form bemerkbar. Die 1. Scene
der „Landgeistlichen," in welcher Peter und Cathrine

auftreten, ist sieben Seiten lang, der 1. Auftritt der „Candidaten", der sich zwischen Hermann und Caroline ab- spielt, erstreckt sich über acht Seiten, und der 1. im „blinden Ehemann" zählt deren gar elf. Dem Verfasser fehlt die Kunst, mit wenig Worten, ja durch blosse Andeutungen, viel zu sagen. Die „Landgeistlichen" haben mehrfach unter diesem Mangel zu leiden, was bei dem Erstlingswerk freilich schon eher begreiflich ist. Damit der Leser einen rechten Begriff von dem wüsten Treiben der Geistlichen erhält, schildern Muffel und Tempelstolz in einer acht Seiten langen Scene das Leben ihrer Amtsgenossen in der Stadt. In em- pfindlicher Weise wird ferner die Lebendigkeit der Handlung durch die ausgedehnten Betrachtungen beeinträchtigt, die Wilhelmine und Wahrmund im 1. Auftritt des 2. Akts über die Geistlichen, über Lebensweisheit und Liebe anstellen. Eben hierher gehören die Scenen zwischen Wahrmund und Herrn von Roseneck (III, 2), sowie zwischen Muffel und Wilhelmine (III, 6). Indessen hat Krüger in den übrigen Werken diese Klippe im Allgemeinen glücklich vermieden, was sich zuweilen schon aus der Anzahl der Auftritte eines Akts erkennen lässt. So zählt der zweite Akt der „Candidaten" zwölf Scenen, der 3. Aufzug desselben Stücks dreizehn. Um die Handlung zu beleben, fügt der Dichter wohl gar eine Scene ein, auf die füglich Verzicht geleistet werden könnte. Die letzte des 3. Aufzugs der „Candidaten" z. B., in welcher Caroline den von Arnold gefälschten Brief findet, ist für den Zusammenhang völlig zu entbehren, erfüllt aber die gerade hier ins Stocken geratene Handlung mit neuem Leben.

Ganz vermieden sind diese lang ausgesponnenen Auftritte in dem „Teufel ein Bärenhäuter." Der Gefahr einer lang- weiligen Exposition geht der Dichter hier dadurch aus dem Wege, dass er das Geständnis, welches der Pächter Wilhelm Rabe seinem Bruder über sein eheliches Leben ablegt, durch Valentins Auftreten unterbricht, wodurch der Eintönigkeit geschickt vorgebeugt wird.

Der Dialog wird nicht gleichmässig gewandt gehand- habt, zum Teil ist er durch das Tempo der Handlung bedingt.

Fliesst diese schnell dahin, so folgt ihr der Dialog mit gleichem
Bemühen, stockt sie dagegen, so ist auch er meist unbeholfen
und schwerfällig. Die der Exposition dienenden Scenen be-
rühren eben durch den Mangel an Beweglichkeit des Dialogs
noch unangenehmer.

Leicht könnten sie lebensvoller gestaltet werden, wenn
sich die auftretenden Personen mitten in der Rede unter-
brächen, anstatt zu warten, bis jede ihren Satz und Gedanken
abgeschlossen hat. In den „Candidaten" wendet Krüger dieses
Belebungsmittel häufiger an, dagegen vermissen wir es in den
„Landgeistlichen" und dem „blinden Ehemann". Hier werden
Erzählungen, die freilich zur Exposition erforderlich sind,
nicht in kunstvolles Zwiegespräch aufgelöst, sondern in langem
Redefluss vorgetragen, und darauf gründet sich wohl der von
der Kritik gegen Krüger erhobene Vorwurf, dass er nicht
die Kunst verstanden habe, zur rechten Zeit aufzuhören.

Derartige Ausstellungen können gegen die beiden kürzeren,
in Alexandrinern abgefassten Lustspiele nicht erhoben
werden. Der Vers wird recht geschickt gehandhabt. Fast
immer schliesst mit einer Verszeile auch der Gedanke oder
der Satzteil ab, das sogenannte enjambement findet sich selten.
Hebung und Senkung folgen im allgemeinen zwanglos aufein-
ander, auch die Cäsur fällt meist natürlich. Hier und da
kommt allerdings eine nicht gerade gewöhnliche Elision oder
Apokope vor, doch kann man nicht sagen, dass Krüger dem
Vers zulieb der Sprache Gewalt angethan hat; ungewöhnliche
Konstruktionen sind glücklich vermieden worden. Die Reim-
folge ist die von den Franzosen beobachtete, männlicher und
weiblicher Reim wechseln regelmässig. Gern bricht der
Dichter mitten im Vers ab, um ihn von einer anderen Person
fortsetzen zu lassen, oder er verteilt einen einzigen Vers wohl
gar auf drei Sprecher, wodurch der Dialog ausserordentlich
belebt wird.

Mit dem vorhin berührten Mangel an Fertigkeit in der
Dialogführung hängt wohl die Vorliebe zusammen, welche
Krüger für den Monolog zeigt. In den „Candidaten" tritt
sie geradezu störend zu Tage; dies Lustspiel hat nicht weniger

als zwölf Monologe, während sonst deren Zahl ein erlaubtes
Mass nicht überschreitet. Der Verfasser verfolgt mit ihnen
verschiedene Zwecke. Eine Person geht von der Bühne ab,
die andere darf nicht unmittelbar danach auftreten, der Monolog ist in diesem Fall ein willkommenes Mittel, um den
Übergang zu bewerkstelligen. Dann erfährt der Zuschauer
aus einem Selbstgespräch etwas über den Charakter der reden-
den Person, oder sie teilt ihm mit, was weiterhin geschehen
soll, macht ihn auch wohl mit früheren Ereignissen bekannt,
die zum Verständnis erforderlich sind. Ferner bietet der Monolog der komischen Person (Marottin, dem Diener) Gelegenheit,
das Publikum zu ergötzen, und endlich macht der Schauspieler
darin seiner Erregung Luft. Nur im letzten Fall ist der
Monolog ausreichend begründet und wirkt nicht unnatürlich.

Dem Schauspieler Krüger sind wohl die zahlreichen panto-
mimischen Anweisungen zu verdanken, die der Darsteller
von ihm erhält. Nur jemand, der selbst schauspielerisch
thätig war, konnte deren Wichtigkeit ermessen, und es sind
fast bei keinem gleichzeitigen Dramatiker Bühnenweisungen
in so grosser Menge vorhanden. Ganz abgesehen von den
Vorschriften, die sich von selbst verstehn und sich leicht
aus dem Zusammenhang ergeben, finden sich noch andere in
grosser Zahl, die zeigen, dass unser Dramatiker die Bühnen-
wirkung wohl bedacht hat. Als Arnold dem Grafen das zu-
künftige lustige Leben auf seiner Pfarre ausmalt, da muss
der Graf seinen Haushofmeister vor Vergnügen „bei den Ohren
schütteln," was der Stimmung sehr angemessen ist und sicherlich seinen Effekt nicht verfehlte. Dass der Dichter auch die
Wirkung des Ensembles berücksichtigt, und dass ihm ein
Bühnenbild im Geist vor Augen geschwebt hat, glaube ich
nicht annehmen zu dürfen.

Ich hatte oben geäussert, dass besonders in den Exposi-
tionsscenen der Dialog ungeschickt gehandhabt sei. Trotz dieser
formalen Schwäche muss anerkannt werden, dass die Expo-
sitionen, wenn wir sie auf den Inhalt hin prüfen, recht gewandt angelegt sind. Besonders ist die der „Candidaten" gelungen, und es ist nicht unwahrscheinlich, dass dem Verfasser

die Exposition des Molièreschen Tartuffe als nachahmenswertes Vorbild gedient hat. In beiden Dramen erstreckt sich die Einleitung auf die beiden ersten Akte. Bei Molière kommt der Held in den zwei Akten gar nicht auf die Bühne, und darin sah Goethe mit Recht einen besonderen Vorzug dieser Exposition. Eine solche Vollkommenheit vermochte Krüger allerdings nicht zu erreichen. Er stellte seinen Helden, in dem er sich selbst verkörperte, allzusehr in den Vordergrund, als dass er so lange auf sein Erscheinen hätte verzichten können. Doch soll ihm deshalb sein Verdienst nicht geschmälert werden, und bei der im ganzen noch recht unvollkommenen Technik des Dramas muss anerkannt worden, dass die Exposition, vorzugsweise in den „Candidaten", und demnächst die im „blinden Ehemann," durchaus gelungen ist. Wir werden mit der Vorgeschichte der Personen bekannt gemacht, die Katastrophe wird eingeleitet, die Charaktere werden skizzirt, doch wird nicht auch zugleich die Haupthandlung in ihrer eigentlichen Entwicklung hineingezogen. Interesse und Spannung sind erregt, wir sind begierig zu erfahren, wie sich das Drama entwickelt, und wie der Abschluss verläuft, ohne dass wir diesen jedoch voraussehen können. Es ist zu bedauern, dass der weitere Aufbau der Stücke nicht immer den Hoffnungen, zu denen die Exposition berechtigt, entspricht.

Auch die Personen, die in Krügers Dramen auftreten, erfordern eine kurze Betrachtung. In der Zeit, wo unser Dichter wirkte, macht sich das Bestreben geltend, die Personen des Dramas im Gegensatz zu den herkömmlichen Typen individueller zu gestalten. Die Gestalten der Krügerschen Lustspiele treten, wie während dieser Übergangsperiode leicht begreiflich, in ziemlich grosser Buntscheckigkeit auf. Der Grund für diesen Mangel an Einheit ist in den Einflüssen zu suchen, welchen Krügers dramatisches Schaffen unterworfen war. Wie wenig selbständig sein Jugendwerk ist, habe ich nachgewiesen; nichts ist also natürlicher, dass auch die auftretenden Personen kein originales Gepräge tragen, sondern den typischen Mustern nachgebildet sind. Da finden sich die Bedienten, die weit über ihren Stand und ihre Bil-

dung hinaus reden und handeln. Es tritt der musterhafte
Liebhaber auf, der die Geliebte dem unwürdigen Nebenbuhler
zu entreissen bestrebt ist; ferner die bethörte Mutter, die den
lasterhaften Freier der Tochter aufdringen will. Auch im
„blinden Ehemann" überwiegen die Typen, besonders fallen
die des zum Hahnrei gemachten Gatten und der treulosen
Frau auf. Ganz anders in den „Candidaten." Kann sich gleich
der Dichter von den Typen noch nicht völlig freimachen,
so tritt uns doch in der Hauptperson, und das bedeutet einen
wesentlichen Fortschritt, ein ausgeprägter Charakter entgegen.
Die scharfe Kritik Herders über die „Candidaten" kann ich
nicht anerkennen und komme im Hinblick auf die Entwicklung
des deutschen Lustspiels zu einem wesentlich mildern Urteil.
Herder wurde durch eine Vorstellung des „blinden Ehemanns",
die er 1766 in Riga sah, zu folgender Auslassung bestimmt:[1])
„Und wo ja deutsche Charaktere sind, da sind sie nach
französischer Art gezeichnet, mit französischen vermischt, und
also immer schielend. Ein Fehler, den ich bei den Krügerschen Stücken glaube bemerkt zu haben. In seinen Candidaten sind der Licentiat und Hofmeister von ganzem Herzen
deutsch, der Graf und die Gräfin unerträglich deutsch-franzö-
sisch, der Fähnrich und das Kammermädchen französisch-
deutsch, und aus dem Sekretär ist fast gar nichts zu machen.
In seinem blinden Ehemann dürfte dies Gemisch weniger in
die Augen fallen, weil Alles, ein paar Charaktere ausgenom-
men, französisch ist. Ich verkleinere gar nicht den Ruhm
dieser Stücke als Komödien, ich betrachte sie als deutsche
Komödien; so muss ein Deutscher sie beurtheilen, denn das
kann kein Ausländer, von einer fremden Nation."

Zweifellos hat Herder in manchem Punkt recht, indessen
ist in den 20 Jahren, die zwischen der Entstehung der
„Candidaten" und dieser Beurteilung liegen, im deutschen
Lustspiel eine beträchtliche Wandlung vorgegangen. Von
historischem Standpunkt aus muss sowohl des Dichters Werk

[1]) Herders Lebensbild hrsg. von seinem Sohn E. G. v. Herder
Erlangen 1846 1, 3, 35.

als auch die Kritik darüber betrachtet werden, und da ergiebt sich, dass Herder kein gerechter Beurteiler ist, ebenso-
wenig wie etwa Lessing der Thätigkeit Gottscheds eine
billige Würdigung widerfahren lässt. Das deutsche Lustspiel
lag zu Krügers Zeit fast noch völlig in den Fesseln des
französischen Vorbildes; ist es da zu verwundern, wenn ein
Dichter diese nicht mit einem Male abschütteln kann, und
darf die Anerkennung dem versagt werden, der sich strebend
bemüht hat? Es ist schon löblich, dass endlich Charaktere
die Typen zu verdrängen beginnen, die Unvollkommenheiten,
der Mangel an Einheitlichkeit, können erst allmählich beseitigt werden. Dass auch in den „Candidaten" noch typische
Gestalten vorkommen, muss zugegeben werden; die männ-
lichen Bedienten z. B. sind noch nach der alten Schablone
gezeichnet. Das Kammermädchen dagegen spielt schon eine
ganz andere Rolle. Ihr Wesen, ihr keckes Benehmen gegen
die Herrschaft, das sie mit den Kammerzofen der gleichzeitigen Lustspiele teilt, erscheint in Folge ihrer Herkunft von
guter, aber vom Unglück betroffener Familie vollkommen
natürlich und begründet.

Bei Krüger höchste K u n s t d e r C h a r a k t e r i s t i k
zu erwarten, da er eben erst mit der Darstellung von Charakteren den Anfang macht, wäre unbillig. Er, der vor
allem dramatische Klarheit und Bühnenwirksamkeit anstrebt,
will seine Personen hell beleuchten und über ihre Eigenschaften keinen Zweifel aufkommen lassen. Anstatt es also
dem Zuschauer zu überlassen, durch das Thun und Treiben
seiner Personen ein Bild von ihrem Charakter zu gewinnen,
macht er sie zum Sprachrohr ihres eigenen Wesens. Besonders treffende Beispiele für solche direkte Charakteristik
bieten Hermann und Arnold. Wie oft versichert nicht jener,
dass er immer nur die Wahrheit sagt, dass er unmöglich
schmeicheln kann, und wie unverhohlen macht Arnold selbst
in längerem Monolog (I,6) seine verwerflichen Absichten und
Eigenschaften kund.

Recht beachtenswert erscheint Krüger, wenn wir das
Z i e l s e i n e r S a t i r e ins Auge fassen. In dieser Hin-

sicht kommen nur die „Landgeistlichen" und die „Candidaten"
in Betracht. In jenem Drama wendet sich der Verfasser
vor allem gegen die Geistlichen, wie schon der Titel anzeigt,
doch findet gerade dieser Teil der Satire unsern Beifall nicht,
weil sie zu einseitig und übertrieben ist. Grösseres Interesse
bringen wir schon der Schilderung des Universitätstreibens
entgegen. Aus Wahrmunds Beschreibung kann sich der
Leser einen Begriff machen, wie lässig vor allem das theologische Studium betrieben wurde. Natürlich lässt dies auch
einen Rückschluss auf die andern Fakultäten zu. Dass trotzdem Theologen zu Amt und Brot gelangen, wird aus Bri-
gittes Erzählung begreiflich, die Tempelstolz für Geld Patrone
erworben und ein gelindes Examen ausgewirkt hat. Mannig-
faltiger noch und intensiver, weil weniger plump und auf-
dringlich, ist die Satire in den „Candidaten." Da werden
die verschiedenartigsten Verhältnisse beleuchtet. Wiederum
wendet sich der Verfasser gegen das regellose Treiben auf
den Universitäten. Arnold und der Licentiat Chrysander
entwerfen ein anschauliches Bild davon. Hat doch für diesen
ein armer Vetter „die Disputation" verfertigt und ihm den
Licentiatentitel verschafft! Weiterhin greift Krüger den
Adel heftig an. Schon in den „Geistlichen" entdecken wir
einen solchen Hinweis. Wahrmund fürchtet, Fräulein von
Birkenhayn werde einen bürgerlichen Bewerber zurückweisen.
Sie aber erwidert, dass sie die Tugenden des Adels auch an
einem Bürger ehre. Ihr Geliebter dürfe sich seines bürgerlichen Standes nicht vor ihr schämen. Wie häufig und nach-
drücklich der Gegensatz zwischen Adel und Bürgertum in
den „Candidaten" betont wird und wie er schliesslich in der
Vereinigung Hermanns und Carolinens zum Austrag gelangt,
ist bereits veranschaulicht worden.

Von dem Familienleben des Adels, besonders von dem
Verhältnis des Mannes zur Frau — die Kinder werden nur
nebenher erwähnt — erhält man ein höchst abstossendes
Bild. Im Gegensatz dazu muss sich der Zuschauer die Ehe
zwischen Hermann und Caroline in Gedanken als musterhaft
ausmalen.

Wenn es möglich ist, dass Leute wie Muffel, Tempelstolz, der Licentiat und Arnold in den Besitz von Ämtern gelangen oder zu gelangen hoffen, deren Pflichten zu erfüllen sie völlig unwürdig und unfähig sind, und wenn wir hören, durch welche verwerflichen Mittel solche Leute ihre Zwecke erreichen, so muss die Gesellschaft, in welcher ein derartiges Treiben möglich ist, von Grund aus verderbt sein. Diese schreienden Missstände sind durch das Patronatswesen und die Protektion gezeitigt worden. Der Graf selbst ist nur durch die Protektion der Gräfin so hoch gestiegen. Er weigert sich, Valer die Rathsherrnstelle zu geben, wird aber gefügig, als seine Gemahlin ihn zornig anfährt: „Sie würden vielleicht ein schlechter Edelmann und ein ewiges Hofjunkerchen geblieben seyn, wenn ich Ihnen nicht meine Verdienste geliehen, und der Fürst dieselben zu schätzen gewusst hätte. Ich schwöre es Ihnen, wenn Sie nicht — — —" Hiermit bricht sie ab; zu ergänzen ist etwa die Drohung, dass die Gräfin die Sache an die Öffentlichkeit bringen will, wenn der Graf nicht ihren Willen erfüllt. Unwillkürlich taucht hierbei die Erinnerung an die Scene in Kabale und Liebe auf, wo Ferdinand seinem Vater, der Luise verhaften lassen will, ins Ohr schreit: „Unterdessen erzähl' ich der Residenz eine Geschichte, wie man Präsident wird."

Wenn ich damit die Hauptpunkte ins Auge gefasst habe, wo Krügers Satire einsetzt, so tritt besonders deutlich die Kluft zu Tage, die ihn von den Lustspieldichtern seiner Zeit trennt. Wie zahm, wie harmlos sind ihre Werke im Vergleich zu den „Candidaten", denn vorzugsweise nach diesem Stück muss der Dramatiker Krüger beurteilt werden. Und wenn einmal einer der Zeitgenossen ein gleichwertiges Thema aufgriff, wie Gellert in seiner „Betschwester," von der ich es dahingestellt sein lasse, ob sie nicht den „Geistlichen a. d. L." ihren Ursprung verdankt, wenn gleich sich innere Beziehungen zwischen beiden nicht entdecken lassen, wie matt, wie langweilig, undramatisch und wirkungslos wird es behandelt! Dass ein Dramatiker an einen solchen Vorwurf überhaupt herangeht, ist schon eine grosse Seltenheit. Fast ausschliesslich werden

harmlose Stoffe zur Behandlung gewählt, bei denen sich meist
nach dem ersten Auftritt das Ende schon voraussehen lässt
und die dramatische Steigerung, wenn sie überhaupt noch
möglich ist, auf ein sehr bescheidenes Mass beschränkt wird.
Lessings Urteil über Hippels Lustspiel „Der Mann nach der
Uhr," dass man alle Einfälle, mögen sie noch so drollig sein,
voraussieht, sobald man den Titel hört, gilt für die Mehrzahl
der gleichzeitigen deutschen Lustspiele. Ich erinnere nur an
das „Testament" der Gottschedin, den „Geheimnissvollen" und
den „geschäftigen Müssiggänger" I. E. Schlegels, den „Miss-
trauischen" Chronegks u. a.

Diese Komödien verspotten alltägliche Laster und wollen
geringfügige Gebrechen bessern, die bei den Lustspieldichtern
von je her Gegenstand der dramatischen Behandlung gewesen
sind. Die „Candidaten" dagegen wenden sich gegen die
Schäden ihrer Zeit, haben aber einesteils deshalb, weil solche
Verhältnisse mutatis mutandis wiederkehren, und andernteils,
weil wir darin einen Spiegel der Zeit erblicken, Anspruch auf
bleibende Bedeutung. So muss ich auch Herders Ansicht,
die Sitten der „Candidaten" passten besonders auf Hamburg,
abweisen. Sie sind im Gegenteil von jeder Lokalfarbe frei.

Erhebt sich demnach Krüger über seine Zeitgenossen,
wenn wir die Tendenz seiner Satire in Rechnung ziehen, so ver-
schiebt sich das Bild zu seinen Ungunsten, wenn noch andere
Vergleichungspunkte herangezogen werden. So sind ihm z. B.
S c h l e g e l und F r a u G o t t s c h e d besonders in technischer
Beziehung überlegen. Ihre Dialogführung ist frischer, dem
Drama angemessener, der Gang der Handlung doch trotz der
oben gerügten allgemeinen Mängel lebhafter als bei Krüger.
Wortwitz, der besonders der Gottschedin eigen ist, fehlt ihm
völlig. Auch Situationskomik treffen wir nicht häufig an. Die
störenden Monologe fallen bei den andern Vertretern der
gleichzeitigen Lustspieldichtung fast völlig weg. Die Bühnen-
anweisungen, die Krüger vielleicht durch seine Thätigkeit
als Schauspieler zu geben veranlasst wurde, verschwinden bei
Gellert und Schlegel fast ganz, sind aber bei Frau Gottsched
reichlich vorhanden. Mag nun Krüger gerade in diesem

Punkt von ihr abhängig sein oder nicht: geleugnet kann nicht werden, dass der Einfluss dieser Frau auf ihn hin und wieder zu Tage tritt, doch nie mehr so auffallend wie in den „Geistlichen auf dem Lande" und überhaupt nicht in solchem Grade, dass Krüger, wie Danzel meint, als Schüler und Nachfolger der Frau Gottsched gelten müsste.

In einem Punkt aber, und zwar einem sehr wesentlichen, ist Krüger den Lustspieldichtern seiner Zeit wieder überlegen, nämlich in der L o g i k d e r H a n d l u n g. Unser Dichter hält an den Einheiten des Ortes und der Zeit fest, hat es aber trotz dieser Fesseln verstanden, die Handlung in seinen Dramen folgerichtig aufzubauen. Bei ihm ergiebt sich immer ein Auftritt aus dem vorhergehenden, die Personen treten nicht unerwartet auf, sondern ihr Kommen wird begründet, wir vermuten es aus der Anlage der Situation. Etwaige „Entdeckungen", die sich sonst am Schluss des Dramas unverhofft einzustellen pflegen, bereitet Krüger von langer Hand vor. So wird im dritten Akt der „Candidaten" darauf hingewiesen, dass Caroline ihren wahren Stand verbirgt; wenn es sich also am Ende herausstellt, dass sie Fräulein von Wirbelbach ist, kommt diese Eröffnung nicht überraschend. Wie mangelhaft ist die Technik in dieser Hinsicht dagegen bei Schlegel, wie rührend hilflos erscheint Gellert. Dieser trägt kein Bedenken, in einem Drama fast ein Dutzend Mal zu der berüchtigten Tasse Kaffee als Ausflucht zu greifen, um irgend eine Person von der Bühne zu bringen. Aus den unmöglichsten Gründen („Ich will mir eine Tasse Kaffee machen lassen. Vielleicht kann ich mein verdriessliches Wesen zerstreuen." Zärtl. Schwestern II, 2), zu den unwahrscheinlichsten Zeiten und Gelegenheiten erscheint immer wieder diese banale und lächerliche Motivirung. Weniger empfindlich als bei Gellert, aber doch noch fühlbar genug, tritt diese technische Unvollkommenheit bei Schlegel und Frau Gottsched hervor. Krüger verstösst fast nie gegen die Logik der Handlung; dadurch heben sich seine Dramen vorteilhaft von denen seiner Zeitgenossen ab und entschädigen so für geringfügigere Mängel anderer Art.

Mein Lebenslauf.

Ich, Wilhelm Heinrich Wittekindt, wurde am 17. Juni 1863 zu Seifertshausen, Kreis Rotenburg an der Fulda, geboren. Mein Vater, der Pfarrer Eduard Wittekindt, erteilte mir den ersten Unterricht. Ostern 1874 trat ich in die Quinta des Gymnasiums zu Hersfeld a. d. F. ein, Herbst 1879 vertauschte ich nach dem im April desselben Jahres erfolgten Tode meines Vaters diese Anstalt mit dem Gymnasium zu Marburg i. H., welches ich Ostern 1883 mit dem Reifezeugnis verliess.

Mein akademisches Studium, das auf die Universitäten Berlin (1 Semester) und Marburg (6 Semester) verteilt war, erstreckte sich besonders auf die neueren Sprachen. Ich hörte die Vorlesungen der folgenden Herren Professoren und Dozenten:

In Berlin: Breslau, Paulsen, Scherer, Tobler, Wagner, Zupitza (Winter-Semester 1883/84).

In Marburg: Bergmann, Birt, Cohen, Max Koch, Lucae, Natorp, Rein, Stengel, Stosch, Vietor.

Am 17. Februar 1888 bestand ich in Marburg die Prüfung pro facultate docendi und brachte danach ein Jahr als Lehrer an dem Institut Haccius in Lancy bei Genf zu, um Fertigkeit im mündlichen Gebrauch der französischen Sprache zu erlangen. Schon früher hatte ich, um mich praktisch im Englischen zu üben, etwa vier Monate in London geweilt. Ostern 1889 wurde ich zur Ableistung des Probejahrs dem französischen Gymnasium in Berlin überwiesen, im Sommer-Semester 1890 übernahm ich ebenda die Vertretung eines beurlaubten Lehrers am Leibnizgymnasium und bin seit Michaelis 1890 am Königlichen Wilhelmsgymnasium in Berlin als wissenschaftlicher Hilfslehrer thätig.

www.ingramcontent.com/pod-product-compliance
Lightning Source LLC
Chambersburg PA
CBHW030017030726
47499CB00008B/3032